# Fluch der Elemente - Die Schwestern von Feuer und Erde

# Fluch der Elemente

## DIE SCHWESTERN VON Feuer und Erde

## Band 1

Ein Handel zwingt sie zu lieben, doch die Liebe zwingt sie zu handeln.

Copyright ©Yvonne Rose

Lektorat: Stefanie Zainer

Korrektorat: Stefanie Zainer

Coverdesign: ©Kristina Licht


Auflage 2 / 2018


c 2017
Herstellung und Verlag: BoD – Books on Demand,
Norderstedt.
ISBN: 9783744852388


Impressum:

Yvonne Rose

Stettinerstr. 22

24537 Neumünster


© 2018

## Prolog

Myrkvi, Prinz der Dunkelalben, wanderte ungeduldig vor dem kleinen Haus auf der geteilten Waldlichtung auf und ab. Jedes Mal, wenn er wieder kehrtmachte, wehten seine schulterlangen, rabenschwarzen Haare auf und seine nebelgrauen Augen blickten unruhig umher. Die Hütte stand dort, wo er und sein Vater vor einem sechs Monden einen Handel mit den werdenden Eltern abgeschlossen hatten, deren Kind in dieser Nacht zur Welt kam. Sicherheit und Wohlstand gegen die erstgeborene Tochter. Doch damals war die Nacht des Fruchtbarkeitsfestes gewesen, als alles ergrünt und die Pflanzen blühten. An diesem Tag sahen der Wald und die Lichtung ganz anders aus. Heute war das Totenfest. Die Natur und die Menschen bereiteten sich auf den kommenden Winter vor. Es war ihm ein Leichtes gewesen, die Welten zu wechseln, um bei der Geburt seiner Braut dabei sein zu können, auch wenn er durch seine magischen Fähigkeiten und sein Krafttier zu jeder Zeit in andere Welten reisen konnte. Obwohl es schon einige Monde her war, kam es ihm vor, als wäre es erst gestern geschehen, war diese Zeitspanne für einen Alben schließlich kaum mehr als wenige Momente.

*Der Wald war dunkel gewesen, die wenigen Sterne am schwarzen Nachthimmel und der schwach scheinende Mond hatten es nicht geschafft, genügend Licht zu spenden. Es war beinahe gespenstisch, denn auch die Tiere waren allesamt verstummt, so als würden sie die Magie in dieser Nacht spüren.*

*Myrkvi und sein Vater hatten den werdenden Eltern gegenüber gestanden. Der Bauch der jungen Frau war bereits leicht gerundet und er konnte ihre Angst deutlich sehen. Der sorgenvolle Blick, die Hand schützend auf ihrem Bauch und den Körper zitternd an ihren Mann gelehnt, der ihn und seinen Vater wachsam beobachtete. Ganz so, als würden sie die beiden ohne Vorwarnung angreifen. Dabei waren es doch die zwei Menschen gewesen, die ihn und seinen Vater gerufen hatten.*

*»Was wollt ihr?«, verlangte sein Vater zu wissen, erhaben und stolz wie immer.*

*Myrkvi war ebenfalls gespannt, was die beiden wollten. Und er fragte sich auch, warum sie ihn und seinen Vater, nicht die Lichtalben, gerufen hatten. Oder hatten sie das bereits getan und die Lichtalben waren nur wieder zu arrogant gewesen? Ja, das würde schon eher passen.*

*»Wir erbitten Schutz für unser Kind und unsere weiteren Nachkommen!«, sprach der Mann. Myrkvis Vater hob eine Augenbraue.*

*»Was bietet ihr uns dafür?«, verlangte er zu wissen, denn einfach so würden sie ihnen nicht geben, wonach sie verlangten. Auch Myrkvi wartete, was die zwei bereit*

waren zu geben, um eine sichere Zukunft für sich und ihre Nachkommen zu bekommen.

»Eines unserer Kinder«, sprach die Frau und Myrkvi konnte ihr deutlich ansehen, dass ihr das ganz und gar nicht gefiel. Natürlich nicht, eine Frau liebte ihre Kinder, aber es waren gefährliche Zeiten und er selbst hatte immer ein Auge auf diese Welt. In letzter Zeit wurden die Überfälle immer mehr, immer übler, außerdem kamen sie immer näher. Vor wenigen Tagen erst war eines der Dörfer hier in der Nähe überfallen und niedergebrannt worden. Die Männer hatte man brutal niedergemetzelt, die Frauen vergewaltigt und dann versklavt. Dieses Schicksal wollten die werdenden Eltern ihren Nachkommen ersparen und dafür waren sie bereit, alles zu geben.

»Was sollen wir mit einem Menschenkind?«, fragte der Albenkönig, doch Myrkvi kam plötzlich ein Gedanke.

»Vater?«, sagte Myrkvi und sah seinen Vater an. Dieser erwiderte seinen Blick, schien aus seinen Augen zu lesen, ehe er Myrkvis Gedankengänge erfasste und nickte.

Myrkvi wandte sich wieder den Menschen zu. »Eure erstgeborene Tochter soll meine Frau werden. Es wird ihr an nichts fehlen und sie wird eine von uns werden«, forderte er, denn er hatte sich soeben an eine alte Prophezeiung erinnert. Eine Albenprinzessin, von Menschen geboren, sollte den Dunkelalben zu neuem Glanz verhelfen. Sie aus der Düsternis befreien und Licht in ihre Welt bringen.

Und nun boten ihnen zwei Menschen eines ihrer Kinder an. Es musste Schicksal sein!

»Einverstanden«, sprach die werdende Mutter, auch wenn es ihr sichtlich schwerfiel. Doch es schien für sie tragbar zu sein, ein Kind für den Schutz der anderen her zu geben.

»Dann ist es also abgemacht. Eure erstgeborene Tochter wird meinen Sohn heiraten, um meinem Volk zu neuem Glanz zu verhelfen. Im Gegenzug wird es euren Kindern und Kindeskindern an nichts fehlen. Wir versorgen sie mit allem materiellen, was benötigt wird und auch mit Schutz und Sicherheit«, fasste sein Vater den Handel noch einmal zusammen und die junge Frau nickte. Auch ihr Mann senkte zustimmend den Kopf. Also ließ sein Vater einen Vertrag erscheinen, auf dem alles genau beschrieben stand. Kurz zögerten die beiden Menschen noch, dann aber unterschrieben sie, indem sie sich beide in den Finger stachen und einen Tropfen Blut auf den Stoff tröpfeln ließen.

»Tritt hervor mein Kind!«, sprach sein Vater.

Ein wenig ängstlich trat die junge Frau hervor und er legte eine Hand auf ihren runden Bauch.

»Deine Tochter sei gesegnet mit der Magie der Alben. Sie soll Unsterblichkeit und ewige Jugend erlangen und somit eine von uns werden. Außerdem soll sie ihre ganz eigene Magie, entsprechend ihrer Persönlichkeit, erhalten«, sagte er ruhig mit höchster Konzentration und unter seiner Hand erschien ein hellblauer Schimmer, der den Bauch erleuchten ließ. Nur wenige Momente später war das Leuchten wieder verschwunden und sein Vater wandte sich ab. Bevor Myrkvi mit seinem Vater wieder aus dieser Welt verschwand, sah er noch, wie die Frau sich in die Arme ihres Mannes schmiegte und eine Träne über ihre Wange rollte. Ihm taten die beiden leid, denn niemand sollte sein Kind hergeben müssen. Und dennoch. Er musste auch an sein Volk denken. Irgendwann würde er selbst König sein und seine Königin – dieses magische Menschenkind – sollte ihm helfen, das Volk der Dunkelalben in bessere Zeiten zu führen. Und es würde dafür sorgen, dass sie rundum glücklich war.

Myrkvi wurde aus seinen Gedanken an jene Nacht gerissen, als er plötzlich den Schrei eines Babys hörte. Seine Prinzessin, zukünftige Braut, sie hatte den Leib ihrer Mutter verlassen und war nun in diese Welt eingetreten. Sofort standen Myrkvi und sein Schwiegervater kerzengerade da, warteten, dass sie hinein durften, um das Wunder zu erblicken.

Doch die Tür blieb verschlossen.

Stattdessen war kurz darauf ein zweites Baby zu hören. Nun hielt den Vater des Kindes nichts mehr. Ohne auf Erlaubnis zu warten, öffnete er die Tür und trat hinein, Myrkvi folgte ihm ohne zu zögern.

Doch direkt hinter der Tür erstarrte er, als er die zwei Babys erblickte. Myrkvi wusste nicht, was er sagen sollte und auch der Vater schien erstaunt. Freudig aber auch ängstlich. Myrkvi konnte sich schon denken warum. Er hatte Angst, nun auch seine zweite Tochter zu verlieren, aber Myrkvi hatte nicht vor, ihnen beide Töchter zu nehmen. Außerdem ... noch würde er keines der Kinder mitnehmen. Er war nur hier um sie im Leben willkommen zu heißen. Mit sich nehmen würde er die Erstgeborene erst, wenn sie erwachsen war. Bis dahin brauchte sie ihre Familie.

Die Mutter lag erschöpft im Bett, während eine Hebamme die Kinder versorgte. Langsam ging Myrkvi auf sie zu und nahm ihr eines der Babys ab. Es war ein wunderschönes Mädchen, Haare so braun wie die Samen einer Buche im Herbst. Die Augen hatten ein strahlendes Blau, würden die Farbe aber vermutlich in den nächsten Monaten noch ändern. Müde lag sie auf seinem Arm und erholte sich von der Geburt.

Die Mutter der Mädchen sah den Alben an. »Das ist Amia, die Zweitgeborene«, flüsterte sie und Myrkvi blickte auf. Das hier war gar nicht seine Braut? Verlegen gab er das kleine Mädchen an den Vater und nahm das andere Mädchen aus den Armen der Hebamme. Behutsam hielt er sie und sah sie sich genau an.

»Wie wunderschön sie ist!«, stellte er leise fest und strich vorsichtig mit dem Zeigefinger über den feuerroten Flaum auf ihrem Kopf. Als sein Finger ihre Wange streifte, griff die Kleine sofort danach und ließ ihn nicht wieder los. Der Dunkelalb lachte. Im Gegensatz zu ihrer Schwester war seine Braut neugieriger und sah sich mit großen Augen um anstatt erst einmal zu schlafen.

»Ihr Name ist Lyra«, flüsterte die Mutter müde und Myrkvi sah auf, um zu nicken. Der Vater der beiden Mädchen setzte sich zu ihr an die Bettkante und gab ihr die Jüngere. Die Mutter nahm sie und wiegte ihre kleine Tochter sanft.

Myrkvi trat nun ebenfalls an das Bett heran und gab ihr auch Lyra.

»Ich werde wieder kommen, wenn sie herangewachsen und bereit ist meine Frau zu werden. Dann werde ich sie in meine Welt bringen. Dort soll sie dann als Königin an meiner Seite regieren. Doch bis es so weit ist ... « Myrkvi pfiff einmal kurz und schon erschien ein Kater in der Tür. Sein Fell war tiefschwarz, mit weißen Pfötchen und einem weißen Lätzchen, dazu ein kleiner weißer Fleck auf der Nase.

»Das ist Armas, er wird meine zukünftige Braut beschützen und ihr stets ein treuer Begleiter sein. Er stammt von den Katzen ab, die Freyas Wagen zogen«, erklärte er.

Der Kater gähnte ausgiebig, tapste dann auf das Bett zu, sprang hinauf und rollte sich träge am Bettende zusammen. Amüsiert schüttelte Myrkvi den Kopf. Anschließend beugte er sich vor und strich seiner Verlobten über den roten Flaum auf ihrem Köpfchen.

»Meine wunderschöne Lyra. Heute ist dein erstes Totenfest. Ich werde an deinem 17. Totenfest wiederkommen und dich zu meiner Frau und Königin machen. Bis dahin werde ich immer über dich wachen und dich beschützen. Ich werde stets an dich denken und alle Vorkehrungen treffen, damit du dich bei uns wohl fühlst«, sprach er ruhig, gab ihr einen Kuss auf die Stirn und sah sie nochmal liebevoll an. Dann schaute er zu ihrer Schwester.

»Auch über dich werde ich wachen, kleine Amia. Auch wenn du nicht meine Braut sein wirst, so wirst du immer in meinem Reich willkommen sein«, sprach er. Mit einem letzten Blick auf die beiden Mädchen und ihre Eltern wandte er sich schließlich ab und verschwand. Zurück in das Reich der Dunkelalben, wo er auf den Tag warten würde, an dem Lyra alt genug war seine Frau zu werden.

## Kapitel 1

### Totenfest

16 Jahre waren nun ins Land gezogen. Amia und Lyra waren zu zwei jungen Frauen herangewachsen, jede mit ihren ganz eigenen Fähigkeiten und Vorzügen und dank der Gabe des Dunkelalbenkönigs besaßen auch beide besondere magische Fähigkeiten, von denen sie jedoch nicht ahnten, woher sie kamen.

Während Lyra das Element Feuer beherrschte und ihre Persönlichkeit auch entsprechend temperamentvoll war, so kontrollierte Amia das Element Erde und war Lyras ruhiger Gegenpol. Oft träumte Lyra davon, eines Tages in die Welt hinaus zu ziehen und Abenteuer zu erleben. Sie wollte alles erkunden und neue Länder kennenlernen. Amia hingegen träumte von der großen Liebe und einer eigenen Familie. Sie war gerne Zuhause, kümmerte sich um das Essen und den Haushalt, wenn Lyra mal wieder durch den Wald streifte und das Jagen übte.

Seit ihrem 13. Lebensjahr lebten sie alleine, denn an jenem schicksalhaften Herbstmorgen kehrten ihre Eltern nicht mehr aus dem Dorf zurück. Später fanden die Dorfbewohner die Leichname leblos im Fluss treiben.

Doch die Mädchen lernten, alleine zurechtzukommen und lebten gemeinsam in ihrer Hütte auf einer zweigeteilten Lichtung mitten in einem Wald aus Kiefern, Fichten und Birken. Betrat man die erste Lichtung, so sah man dort auf einer Rasenfläche einen kleinen Stall, welchen fünf Hühner und ein Hahn bewohnten. Direkt gegenüber wuchsen zwei prächtige Apfelbäume, sowie ein wunderschöner Beerenstrauch. Ihre Mutter hatte ihnen früher immer erzählt, dass sie in einem magischen Bereich lebten, in dem alles fruchtbar und gut vor Feinden geschützt war. Außerdem verhalf die Magie von Amia den Pflanzen zu vielen Früchten und reicher Ernte. So mussten sie niemals Hunger leiden.

Schritt man nun durch zwei Birken hindurch, die direkt zwischen Hühnerstall und Apfelbäumen gegenüber des Eingangs zur ersten Lichtung standen, so fand man sich auf der zweiten Lichtung wieder. Hier stand nun die Hütte aus Lehm und Holz, die von den Mädchen bewohnt wurde. Sie hatte eine dreieckige Form und das Dach war mit Stroh bedeckt. Etwa in der Mitte des Daches konnten sie ein kleines Stück hochklappen, sodass sie ein Fenster zum Hinaussehen hatten. Vor der Hütte stand ein prächtiges Beet mit Gemüse und auf dem Dach hatten sich Vögel eingenistet. Umringt waren die Lichtungen von Fichten, sodass Fremde sie nur schwer finden konnten.

Heute war ein schöner Herbsttag. Die letzten Sonnenstrahlen suchten sich ihren Weg durch die Bäume, während Amia im Gemüsebeet saß, Unkraut zupfte und einige Kürbisse für das heutige Totenfest erntete. Bei ihr war der Kater Armas. Wie immer eigentlich. Ihre Eltern hatten ihnen erzählt, dass der Kater Lyra gehören sollte und ein Geschenk von einem ganz besonderen Freund zu ihrer Geburt gewesen war. Doch der Kater war eher selten bei Lyra, viel mehr war er bei Amia und ließ sich von ihr streicheln und kraulen. Doch wenn Gefahr drohte - meist in Form eines gefährlichen Kaninchens, das sich auf die Lichtung verirrt hatte -, dann beschützte er beide Mädchen.

Leider würden sie auch heute wieder das Totenfest allein feiern müssen. Früher waren wenigstens noch ihre Eltern dabei gewesen, aber nun?

Freunde und andere Familienmitglieder hatten sie keine. Natürlich lebten sie nicht vollkommen abgeschnitten von der Zivilisation, doch wurden sie von den Menschen im Dorf aus Angst gemieden. Hexenschwestern nannte man sie. Nur hin und wieder kam jemand heimlich aus dem Dorf, um Hilfe zu erbitten. Allerdings nur von Amia, denn sie konnte selbst tote Pflanzen wieder fruchtbar machen und reifen lassen. Außerdem beherrschte sie die Kräuterkunst, so fragte man sie auch oft nach Medizin und Arzneien, und Amia bekam im Gegenzug Brot oder Anderes, was sie und Lyra noch zum Leben brauchte. Lyra hingegen wurde nicht so oft um Hilfe gebeten, schließlich konnte man auch ohne sie ein Feuer entzünden. Allerdings war ihre Hilfe nach starkem Regen gern gesehen, wenn das Holz nass war und einfach nicht brennen wollte.

»Bist du etwa immer noch im Beet? Komm lieber rein und lass uns das Totenfest feiern!«

Amia blickte auf und sah ihre Schwester an, die sich aus der Tür lehnte und sie angrinste.

»Ich komme ja gleich!«, sagte Amia und legte den letzten Minikürbis in den Korb. In den vergangenen Tagen hatte sie schon alles vorbereitet; Äpfel und Kürbisse geerntet, Brot gebacken und Kerzen gezogen. Heute würden sie das Fest gemeinsam beginnen, der Totengöttin etwas opfern und gemeinsam in die Zukunft schauen, so wie sie es schon immer getan hatten. An diesem besonderen Tag schienen ihre Kräfte besonders stark zu sein. So konnten sie Kontakt zu ihren verstorbenen Eltern aufnehmen und Lyra bekam an diesem Tag immerzu besonders klare Visionen von der Zukunft.

»Warum bist du schon wieder so ungeduldig? Wir beginnen doch ohnehin erst, wenn die Dämmerung eintritt und wir die Kerzen entzünden?«, fragte Amia und Lyra grinste nur wieder, ehe sie die Kürbisse aus dem Korb nahm, um sie anschließend im Raum zu verteilen.

»Es ist einfach ein ganz besonderer Tag. Heute ist nicht nur das Totenfest, sondern auch der Tag unserer Geburt und ich finde, das sollte eben gefeiert werden!«, erwiderte Lyra, fing sich dabei jedoch direkt einen strengen Blick ihrer Schwester ein.

»Lyra! Wir gedenken der Toten, weisen ihnen den Weg und nehmen Kontakt zu ihnen auf, um ein wenig über unsere Zukunft zu erfahren. Der Winter kommt zu uns, die Zeit der Ruhe beginnt und es ist sicher kein Tag, der wild gefeiert werden sollte!«, wies sie ihre Schwester zurecht. Manchmal fragte sich Amia, ob sie wirklich Schwestern – Zwillinge – waren. So unähnlich wie sie beide oftmals waren. Aber immer hielten sie zusammen, nichts und niemand konnte sie beide trennen.

Amia zuckte zusammen, als sie draußen plötzlich ein Rascheln zwischen den Bäumen hörte.

»Was war das?«, fragte Lyra alarmiert und schaute aufmerksam aus der Dachluke. Auch Amia sah hinaus, konnte aber nichts erkennen, das Gehölz und die Büsche waren einfach zu dicht.

»Sicher nur eines der Hühner oder ein Eichhörnchen«, meinte sie, blickte aber dennoch weiter aus der Luke. Doch es war niemand zu sehen. Ein wenig schauderte es ihr bei dem Gedanken, dass sie beobachtet werden könnten oder dass vielleicht die Geister ihrer Ahnen schon gekommen waren. Auch Lyra war sich insgeheim nicht ganz sicher, ob es wirklich nur eines der Tiere war.

»Sicher nur der Wind«, sagte Lyra laut und wandte sich wieder der Dekoration des kleinen Bauernhauses zu. Überall stellte sie die Kerzen auf und ihre Augen leuchteten bereits vor Vorfreude. Amia hingegen blieb am Tisch sitzen und schnitt das leckere Kürbisbrot in Scheiben. Es würde sicher ein schönes Totenfest geben.

Sie konnte ihrer Schwester ansehen, dass sie viel lieber schon früher mit dem Fest beginnen wollte. Doch alles hatte seine Zeit und wenn Lyra eines lernen musste, dann war es Geduld. Diese Eigenschaft besaßen sie beide nicht im Überfluss, doch bei besonderen Anlässen und Festen konnte Amia sich besser zurückhalten.

»Na los! Wir brauchen noch mehr Kerzen und auch die Lichtung muss noch vorbereitet werden. Wir wollen unseren Ahnen und den anderen Geistern ihre Wege weisen und sie nicht in die Irre führen!« Streng sah sie ihre Schwester an und Lyra ergab sich ihrem Schicksal. Sie nahm sich die Kerzen und Früchte, die sie für die Vorbereitungen brauchte und ging damit in den Garten.

Amia schmunzelte nur, ehe sie dann Armas sah, der es sich gerade auf Lyras Bett gemütlich machte und mal wieder seine Krallen am Bettpfosten gewetzt hatte. Wenn Lyra das sah, würde sie bestimmt wieder schimpfen. Denn sie mochte es gar nicht, wenn der Kater ans Holz ging. Immerzu nur an ihrem Bett, niemals an dem Bett von Amia.

»Du weißt doch, dass du das nicht machen sollst! Du kannst deine Krallen draußen an den Bäumen wetzen, es sind schließlich genug da!«, ermahnte sie Armas halbherzig, der sie aber nur mit großen Augen ansah. Amüsiert setzte Amia sich auf die Bettkante und streichelte ihm über das weiche Fell. Sofort erhob sich der Kleine, tapste auf ihren Schoß und rollte sich dort schnurrend zusammen.

»Na na. Zeit zum Kuscheln habe ich jetzt leider nicht. Du weißt doch, heute haben wir das Totenfest, der Tag unserer Geburt und die Nacht, in welcher die Toten auf der Erde wandeln um zu ihren Liebsten zu kommen. Wir weisen ihnen dann den Weg und ebenso den Weg zurück«, erklärte sie dem Kater liebevoll. Sie hob ihn kurz hoch, gab ihm einen Kuss auf das fellige Näschen und legte ihn anschließend auf das Kissen in ihrem eigenen Bett, welches mit duftendem Heu und einigen Blüten gefüllt war.

Danach erhob sie sich und begann mit den restlichen Vorbereitungen für das Totenfest, es wurde langsam Zeit. Die Sonne stand schon recht tief und bald würde es dunkel werden. Bis dahin musste alles fertig sein.

Schweigend stellte sie weitere Kerzen an den Fenstern auf, schnitt das Brot fertig auf und stellte Äpfel bereit, die sie später gemeinsam essen würden. Dazu gab es süßen Wein, den Amia gestern auf dem Markt erstanden hatte. Günstig war er nicht gewesen, doch zu einem Fest gehörte Besseres als Wasser oder Milch.

Pünktlich zum Sonnenuntergang waren die Schwestern fertig. Amia konnte die freudige Erwartung in Lyras Augen sehen. Sie freute sich ebenfalls, obwohl es eigentlich alles andere als ein Freudentag war. Dennoch waren die Schwestern guter Laune, da sie in der heutigen Nacht ihren Eltern näher waren, als in allen anderen Nächten.

»Bereit?«, flüsterte Lyra aufgeregt und sah ihre Schwester mit funkelnden Augen an.

Amia nickte.

Für diesen Abend hatten sie sich besonders schick gemacht. Amia trug ein langes, dunkelgrünes Kleid und ihre braunen Haare hatte sie an den Seiten geflochten und hinten fielen sie offen über ihren Rücken bis in die Mitte ihres Rückens. Lyra hingegen trug ein Kleid, rot wie die Beeren im Herbst. Es passte ganz wunderbar zu ihrem flammendroten Haar, welches sie zunächst geflochten und dann hochgesteckt hatte.

Gemeinsam setzten sie sich an den runden Tisch, den sie für die Zeremonie in die Mitte des Raumes geschoben hatten. Sie saßen sich gegenüber und Amia sah, wie Lyra sich kurz konzentrierte und die große weiße Kerze auf dem Tisch entflammte. Anschließend reichten sich die Schwestern die Hände, hielten sich gut aneinander fest und schlossen die Augen.

Amia konnte diese außergewöhnliche Energie förmlich spüren, sie waren hier! Ihre Eltern waren bereits gekommen, um ihnen zu zeigen, dass sie über sie wachten. Ein Lächeln schlich sich auf Amias Lippen, als ein Windhauch durch ihre Haare fuhr. Ja, ihre Eltern waren hier und zeigten ihrer Tochter, dass sie sie liebten. Tränen schossen Amia in die Augen. Wie sehr sie ihre Eltern doch vermisste. Die Stimme ihrer Mutter, die sie und Lyra am Abend in den Schlaf sang, die raue Stimme des Vaters, wenn er sie nach Hause rief und anschließend mit freudigem Lachen begrüßte und in die Arme schloss.

Lyra hingegen nahm ihre Eltern ganz anders wahr. Für sie roch plötzlich alles nach Maiglöckchen – so hatte ihre Mutter immerzu gerochen. Außerdem vernahm sie ein Wispern, so wie an jedem Totenfest, seit ihre Eltern gestorben waren. Es klang wie das Wiegenlied, das ihre Mutter stets gesungen hatte und war ein Zeichen dafür, dass sie nun gleich eine Vision empfangen würde. Lyra legte ihre volle Konzentration in die leisen Stimmen und hörte mit jeder Sekunde deutlicher, was sie ihr mitteilen wollten.

Vor ihrem geistigen Auge tat sich plötzlich eine dunkle Landschaft auf. Alles war kahl und fühlte sich leblos an. Eine öde Wüste, tote Bäume, ein schwarzer Himmel. Ihr Unterbewusstsein flüsterte, dass dieses Land verflucht war. Hier konnte es kein fröhliches Leben geben, dieses Land war zur Dunkelheit verdammt. Sie spürte die Trauer, den Tod und die Hoffnungslosigkeit.

Amia hielt die Augen geschlossen und spürte, wie Lyra ihre Hände plötzlich viel fester hielt. Sie wusste, dass Lyra gerade einen Teil der Zukunft sah. Sie selbst hatte diese Gabe nicht und würde abwarten müssen, bis Lyra ihr erzählen konnte, was sie sah.

Schnell bemerkte Amia jedoch, dass etwas anders war als sonst. Die Temperatur sank rapide, ein eisiger Wind rauschte durch die Luke und Armas begann zu fauchen. Erschrocken öffnete sie die Augen und sah, dass alles dunkel war. Die Kerzen und auch das Feuer waren erloschen. Vor ihr saß Lyra und zitterte, ihre Hände waren blau vor Kälte und der Schweiß lief ihr über die Stirn.

»Lyra ...«, flüsterte Amia vorsichtig und versuchte, ihre Schwester aus der Trance zu befreien. Doch Lyra regte sich nicht, klammerte sich nur mit aller Kraft an ihre Schwester und folgte der Vision. Amia bekam es mit der Angst zu tun, konnte jedoch nichts weiter tun als zu warten.

Minuten später – es kam Amia vor wie Stunden – schnappte Lyra plötzlich nach Luft, kippte mit dem Stuhl zurück und landete unsanft auf dem Boden.

»Lyra! Was ist passiert, was hast du gesehen?«, fragte Amia ängstlich und um den Tisch herum, um ihr hoch zu helfen. Lyra zitterte unentwegt, also griff Amia schnell nach einer Decke und wickelte sie dort ein.

Lyra suchte die Nähe ihrer Schwester und versuchte zu begreifen, was sie da gesehen hatte. Tränen liefen ihr über die Wangen, denn sie hatte den unbeschreiblichen Schmerz des Landes gespürt, spürte ihn noch immer. Erst nach einer ganzen Weile ließ das Zittern ihres Körpers endlich nach.

»Nichts ...«, kam schließlich über ihre Lippen und Amia sah ihre Schwester fragend an. Sie war verwirrt, was Lyra wohl meinen mochte, gleichzeitig aber erleichtert, dass sie sich wieder ein wenig gefangen hatte.

»Was? Lyra, was hast du gesehen?«, fragte sie schließlich nochmal leise wispernd.

»Nichts. Da war nichts. Nichts außer Dunkelheit und Tod. Der Himmel war verhangen mit schwarzen Wolken, darunter ein lebloses Land. Es gab nur Trauer und Trübsinn. Keine Hoffnung mehr«, erzählte sie weiter, schluchzte auf und spürte, wie Amia sie an sich drückte.

Das klang ja schrecklich!

Was nur hatte ihre arme Schwester da sehen müssen?

»Es sah nicht aus wie unsere Welt. Ich kann dir nicht sagen, wo das war. Aber es war schrecklich. Eine öde

Wüste. Tote Bäume. Keine Tiere, außer einigen Insekten, Geier und Schlangen«, fuhr sie fort.

»Du hast meine Welt gesehen. Und du irrst dich. Es gibt noch Hoffnung. DU bist unsere Hoffnung.«

## Kapitel 2

### Myrkvi taucht auf

Erschrocken und mit rasenden Herzen sahen die Schwestern auf. In der Tür stand ein Fremder, aufgrund der Dunkelheit konnten sie jedoch nur seine Umrisse erkennen.

Armas lief auf den Unbekannten zu und strich ihm schnurrend um die Beine. Amia verwirrte sein Verhalten, denn normalerweise war der Kater nur bei ihr so anschmiegsam. Bei Fremden hingegen war er eher kratzbürstig und spielte sich als Beschützer auf. Selbst bei Lyra war er nicht so verschmust.

»Hallo, kleiner Kater. So sieht man sich wieder. Nur leider hast du deine Aufgabe ziemlich vernachlässigt«, sagte der Fremde und nahm Armas auf den Arm, ehe er in die Hütte kam. Noch immer war es viel zu dunkel, um ihn richtig erkennen zu können.

»Komm nicht näher!«, drohte Lyra, was allerdings nicht sehr wirkungsvoll war, denn ihre Stimme zitterte noch immer.

»Hab keine Angst, Liebste. Vor mir müsst ihr zwei euch nicht fürchten. Glaubt mir, ich wäre der Letzte, der euch etwas antun würde«, versicherte der Fremde den beiden und Amia fragte sich, wen er mit 'Liebste' gemeint hatte und überhaupt, warum er sowas sagte. Sie kannten ihn schließlich nicht.

Glücklicherweise kehrte endlich wieder etwas Wärme in Lyras Körper zurück und sie war wieder in der Lage, ihre Gabe einzusetzen. Sie ließ einen kleinen Feuerball erscheinen und entzündete mit ihm das Holz auf der Feuerstelle, ehe sie mit einer Handbewegung auch die Kerzen anzündete, um für mehr Licht und Wärme in der Hütte zu sorgen.

»Das machst du wirklich gut. Du hast deine Gabe wunderbar unter Kontrolle und ich bin mir sicher, dass du auch unser Königreich in Licht hüllen wirst«, sagte der Fremde und nun konnte Amia erkennen, dass er mit Lyra sprach. Doch nicht nur das, sie konnte nun auch sehen, dass der Fremde kein Mensch war. Spitze Ohren lugten unter seinem schulterlangen Haar hervor, das so schwarz war, wie das Gefieder eines Raben. Er war hochgewachsen, schlank und durchtrainiert. Außerdem sah er aus, als wäre er nur wenige Jahre älter als sie und Lyra. Doch an seinen Augen, grau wie der Nebel an einem schönen Herbstmorgen, in seinem leicht kantigen Gesicht, konnte sie erkennen, dass er sehr viel älter und weiser war, als es den Anschein hatte.

»Wer bist du?«, fragte Lyra nun mit etwas mehr Nachdruck. Die Wärme tat ihr gut und gab ihr auch wieder mehr Kraft und Energie. Sie wäre nun auch wieder in der Lage, sich und ihre Schwester zu verteidigen, wenn es nötig sein sollte.

»Entschuldige, Liebste«, begann der Fremde und setzte sich Armas auf die Schulter, während sich Lyra und Amia erhoben, damit sie wenigstens einigermaßen auf Augenhöhe mit dem Fremden waren.

»Mein Name ist Myrkvi. Ich bin der Prinz der Dunkelalben und ich bin hier, um meine wunderschöne Verlobte zu holen, damit sie meine Königin wird und unser Reich aus der Dunkelheit führt«, erklärte er schließlich. Amia konnte kaum glauben, was sie da hörte.

»Deine Königin werden? Du meinst doch wohl nicht Lyra, oder?«, fragte sie ihn, da ihr aufgefallen war, dass er ‚Liebste' gesagt und dabei ihre Schwester angesehen hatte. Diese war nun sehr viel ruhiger geworden, was eigentlich gar nicht ihre Art war. Aber offensichtlich versuchte sie gerade, das alles zu verstehen.

»Doch, sehr wohl. Eure Eltern sind einen Handel mit meinem Vater eingegangen und sie versprachen uns, dass ihre Erstgeborene meine Frau werden wird. Aber natürlich bist du, Amia, auch herzlich willkommen bei uns. Niemand konnte ahnen, dass eure Eltern gleich zwei Töchter bekommen würden«, erklärte der Alb weiter und Lyra und Amia schüttelten ungläubig den Kopf.

Sprachlos sahen beide den gut aussehenden Alben an und setzten sich, ehe ihnen die Beine den Dienst versagten.

»Das kann ich nicht glauben! Unsere Eltern haben uns nie von einem derartigen Handel erzählt«, wehrte Lyra sein Gerede ab.

Der Alb schmunzelte, kam an den Tisch und setzte sich ihnen gegenüber.

»Habt ihr euch denn nie gefragt, woher eure Fähigkeiten kommen? Warum es euch nie an etwas fehlt und ihr auch nie von Feinden entdeckt und angegriffen worden seid? Nun, das habt ihr mir und meinem Volk zu verdanken. Eure Eltern riefen damals meinen Vater und mich, sie wollten Sicherheit für ihre Nachkommen. Normalerweise geht mein Vater solche Handel nicht ein, aber in diesem Fall ... Unser Volk lebt schon lange in Dunkelheit. Doch eine Albenfrau von Menschen geboren soll uns Dunkelalben erlösen und wieder zurück ins Licht führen. Deswegen ging mein Vater auf diesen Handel ein und gab euch beiden Magie und Unsterblichkeit«, erzählte Myrkvi den beiden Schwestern, was aber nicht bedeutete, dass sie ihm auch glaubten.

Natürlich hatte Amia sich schon oft gefragt, wie es kam, dass sie Pflanzen wachsen oder auch absterben lassen konnte. Oder wie ihre Schwester es schaffte, Feuer aus dem Nichts erscheinen zu lassen. Es war ihr ebenfalls aufgefallen, dass ihnen niemals etwas fehlte und die kriegerischen Wikinger immerzu einen großen Bogen um sie gemacht hatten. Doch ein Pakt mit den Dunkelalben?

»Warum sollten meine Eltern Dunkelalben um Hilfe gebeten haben? Jeder weiß doch, dass man euch nicht trauen kann. Sicher hätten sie sich eher an die gütigen und weisen Lichtalben gewandt«, sagte Lyra schließlich gereizt und Amia biss sich nervös auf die Unterlippe. Dass Lyra aber auch nie ihren Mund halten konnte! Immerzu sagte sie gerade heraus, was sie dachte. Amia war sich sicher, dass sie deswegen irgendwann noch in ernste Schwierigkeiten geraten würde.

Doch wider Erwarten regte sich der Dunkelalb nicht über Lyras Worte auf, brach stattdessen in schallendes Gelächter aus. Verwirrt sahen Amia und Lyra einander an. Was war denn nun?

Als Myrkvi sich wieder beruhigt hatte, blickte er Lyra amüsiert an.

»Meine Zukünftige hat wirklich Humor. Gütige und weise Lichtalben ... dass ich nicht lache! Diese Wesen sind einfach nur arrogant und alles andere als weise. Sie kümmern sich nur um sich selbst, andere sind ihnen vollkommen egal. Hauptsache ihnen geht es gut. Vielleicht haben eure Eltern versucht, sie um Hilfe zu bitten. Aber wenn sie den Hilferuf gehört haben, dann waren die lieben Lichtalben sich bestimmt zu fein, um zu antworten. Glaubt mir. Ich bin einmal Aleksi begegnet. Er ist der König der Lichtalben und er könnte nicht hochnäsiger sein«, erzählte er schließlich, konnte den Mädchen aber ansehen, dass sie ihm nicht glaubten. Nein, Amia glaubte ihm ganz und gar nicht, schließlich erzählte man sich überall Geschichten über die Alben. Die glanzvollen und strahlenden Lichtalben, die gütig und hilfsbereit waren ... und die bösartigen, hässlichen Dunkelalben, die nichts lieber unternahmen, als den Menschen zu schaden.

Aber dieser Dunkelalb war nicht hässlich und er schien auch nicht bösartig zu sein, dachte Amia, oder täuschte er sie beide nur mit einem Zauber? Sie war sich nicht sicher, dabei hatte sie sich bislang auf ihre Menschenkenntnis verlassen können. Sie spürte instinktiv, ob ihnen jemand gut gesinnt war oder nicht.

»Warum sollte ich dich heiraten wollen? Ich kenne dich nicht und habe auch kein Interesse an einer Heirat. Amia ist eher der Typ für so etwas. Sie träumt schon ewig von einer Familie«, sagte Lyra und Amia hätte ihr am liebsten eine Ohrfeige verpasst. Musste sie das nun sagen? Jetzt kam er vermutlich noch auf den Gedanken, sie zu heiraten anstelle von Lyra. Aber nicht mit ihr.

»Ich werde sicher niemanden heiraten, den ich nicht kenne und über den ich nichts weiß! Nein, ich werde einmal einen Mann heiraten, den ich liebe und der mich ebenso liebt«, machte sie dem Alben direkt klar. Das alles schien ihn aber wenig zu beeindrucken. Er saß ganz gelassen da und sah die beiden Schwestern ruhig an.

»Ihr werdet euch nicht dagegen wehren können. Früher oder später musst du dein Schicksal akzeptieren,

Lyra. Mein Volk wartet nun seit 16 Jahren auf dich, alle sind in freudiger Erwartung auf ihre Königin. Irgendwann wirst du erkennen, dass du hier nicht mehr hingehörst. Ihr beide seid hier aufgewachsen, ja. Aber irgendwann wird dies hier immer weniger euer Zuhause sein und ihr werdet von alleine zu mir kommen«, meinte er und schien dabei an keinem seiner Worte zu zweifeln.

»Was macht dich da so sicher?«, wollte Amia wissen. Hier war immer ihr Zuhause gewesen und würde es immer sein. Gut, sie wusste, dass Lyra gern mehr von der Welt sehen wollte, aber sie selbst würde niemals diesen Ort verlassen, da war sie sich sicher.

»Das werdet ihr noch sehen«, erwiderte der Alb nur geheimnisvoll.

»Wie sollen wir überhaupt in eure Welt kommen und wie bist du hierhergekommen? Gibt es etwa sowas wie Portale?«, fragte Lyra nun und Amia musste zugeben, dass sie das auch interessierte. Einfach war es sicher nicht, sonst würden hier bestimmt noch viel mehr Alben auf der Erde sein. Oder war es, wie Myrkvi gesagt hatte, und sie waren sich einfach zu fein für die Menschen?

»Natürlich gibt es Portale, aber sie sind nur begrenzt geöffnet. Das Totenfest ist der beste Zeitpunkt, um sie zu benutzen. Vom Totenfest an sind die Portale eine Woche lang geöffnet, wobei sie am Tag des Festes selbst natürlich am besten durchgängig sind. Für einige wenige Ausnahmen sind die Portale aber immer nutzbar, allerdings werden sie niemals einfach nur so verwendet. Ich habe das Portal am Wasserfall hier in der Nähe genutzt. Man muss einfach daran denken, wohin man will, und geht direkt durch den Wasserfall hindurch«, erklärte er und sah die beiden Mädchen an. Amia meinte, ein Funkeln in Lyras Augen zu sehen, sicher war sie sich da aber nicht.

»Warum sagst du uns einfach, wie das Portal funktioniert?«, fragte Amia skeptisch.

»Damit ihr beide jederzeit in mein Reich kommen könnt. Das Portal ist offen an den vier Sonnenwendfesten und, wie bereits erwähnt, am Totenfest sowie den folgenden sieben Tagen. Natürlich wäre es mir am liebsten, wenn du, Lyra, oder auch ihr beide, gleich heute oder bis zur Schließung des Portals mitkommen würdet«, antwortete Myrkvi ruhig. Amia wusste, dass weder sie noch Lyra innerhalb dieser Woche mitkommen würden. Es ging einfach alles viel zu schnell.

»Habt keine Sorge, ihr beide könnt in aller Ruhe darüber reden. Ich komme morgen früh wieder und dann könnt ihr mir sagen, wie eure Entscheidung ausgefallen ist«, fügte Myrkvi noch hinzu. Er konnte den Mädchen ansehen, dass sie noch nicht überzeugt waren. Aber das machte ihm nichts, irgendwann würden seine Braut und ihre Schwester die Wahrheit noch erkennen und in seine Welt kommen, um dort ihre Plätze einzunehmen.

»Ich habe noch eine Frage«, sagte Lyra, worauf Myrkvi nickte. »Wenn wir unter eurem Schutz standen, wie konnten unsere Eltern dann sterben? So früh, meine ich? Wir waren noch viel zu jung, um unsere Eltern zu verlieren! Ein Wunder, dass wir beide es geschafft haben.«

Myrkvi sah sie intensiv an, er hatte schon geahnt, dass sie diese Frage früher oder später stellen würde.

»Nun, das kann ich dir leider nicht erklären. Es war vorgesehen, dass eure Eltern bis zum heutigen Tag bei euch sein sollten, auch wenn in dem Handel nur die Sicherheit ihrer Nachkommen vereinbart worden waren. Also habe ich auch sie von meinen Raben bewachen lassen. Die einzige logische Erklärung, die ich für diesen frühen Tod habe, ist, dass sie von uns ebenbürtigen, magischen Wesen getötet wurden, die sich den Blicken meiner Raben entziehen konnten. Doch trotz intensiver Nachforschungen habe ich nichts finden können«, erklärte der Dunkelalb. Er war damals erschüttert gewesen, dass ihm etwas entgangen war, was mit seiner Zukünftigen zu tun hatte. Selbstverständlich hatte er versucht herauszufinden, was passiert war, jedoch ohne Erfolg.

Lyra dachte über seine Worte nach und versuchte daraus zu schlussfolgern.

»Hm, danke. Ich würde nun gerne wieder allein mit meiner Schwester sein. Schließlich gibt es einiges zu besprechen. Das möchte ich ohne einen Dunkelalben erledigen, der einfach hier auftaucht und glaubt, mich heiraten zu können«, sagte Lyra und Myrkvi nickte.

»In Ordnung, ich werde morgen wiederkommen«, erwiderte Myrkvi und erhob sich. Amia und Lyra schwiegen, während Armas ihm abermals um die Beine strich.

»Warum verhält sich Armas eigentlich so zutraulich? Normalerweise faucht und knurrt er, wenn Fremde hier auftauchen«, fragte Amia neugierig, denn das Verhalten wunderte sie doch sehr. Myrkvi lächelte.

»Armas war mein Geschenk zu eurer Geburt. Er sollte auf meine zukünftige Braut aufpassen, aber irgendwie hat er diese Aufgabe gründlich in den Sand gesetzt«, erklärte er den beiden und kraulte den Kater kurz, ehe er in die Nacht verschwand.

Amia wartete noch einen Moment, bis sie sicher sein konnte, dass dieser seltsame Dunkelalb wirklich fort war und wandte sich dann ihrer Schwester zu.

»Was machen wir nun? Wir können doch nicht einfach alles stehen und liegen lassen und ihm folgen. Wenn er überhaupt die Wahrheit sagt«, begann sie und Lyra nickte zustimmend.

»Ja, das sehe ich ganz genauso! Vor allem ... als würde ich ihn wirklich heiraten! Ich bitte dich! Niemals«, antwortete sie zustimmend und plusterte sich dabei richtig auf. Amia nahm Lyras Hand und drückte diese sanft.

»Keine Sorge. Wenn du ihn nicht heiraten willst, dann musst du das auch nicht. Sollte er versuchen dich zu zwingen, dann bekommt er es mit mir zu tun«, versprach sie und sah ihre Schwester ernst an. Lyra stand auf und nahm sie in den Arm.

»Warum nur haben Mutter und Vater uns nie gesagt, dass sie diesen Handel schlossen? Immerhin betrifft es mich ja direkt. Sie haben mich verkauft. An diesen Fremden. Wie konnten sie nur?«, fragte Lyra und klang erschüttert. Sie fühlte sich von ihren Eltern verraten. Immerhin hatten diese ihre ungeborene Tochter einem Fremden versprochen. Was hatte ihre Eltern nur dazu getrieben?

»Ich bin mir sicher, dass Mutter und Vater nicht an so etwas gedacht haben. Er sagte doch, sie wollten Schutz für ihre Nachkommen und Vater hat oft erzählt, wie gefährlich es in der Welt ist. Ich kann all das selbst nicht so recht verstehen, aber wir kennen die Welt nicht. Wir beide sind nie weiter als ins Dorf gegangen und selbst dort waren hin und wieder Plünderer, haben Frauen vergewaltigt, Kinder geraubt und die Männer getötet. Erinnerst du dich noch an jenen Sommer, als unsere Eltern starben? Myrkvi sagte, es kann nur ein magisches Wesen gewesen sein, doch was, wenn es einfache Plünderer waren? Wir haben davon nichts mitbekommen, weil wir hier waren. Zuhause. Bei einem Überfall ist es sicher nicht einfach, alles im Auge zu behalten. Er lebt schließlich in einer ganz anderen Welt und vielleicht verlor er sie in dem Trubel aus den Augen und konnte sie deswegen nicht beschützen« Amia wollte noch mehr sagen, wurde aber von Lyra unterbrochen.

»Amia, ich bitte dich! Wie oft sind wir in Trubel geraten und uns ist nichts passiert? Ich erinnere mich noch gut daran, als wir noch ganz klein waren, wir waren mit Mutter im Dorf. Plötzlich fielen Seeräuber über das Dorf her, du wärst beinahe zertrampelt worden und ein Pferd traf dich mit voller Wucht. Aber du hast nichts weiter als einige blaue Flecken davon getragen«, erzählte sie und Amia dachte nach. Daran konnte sie sich gar nicht erinnern, aber wenn das Pferd sie wirklich mit voller Wucht getroffen hatte ... sie hatte schon öfter gehört, dass Menschen sich nach einem Unfall oder einem traumatischen Ereignis nicht mehr an das Geschehene erinnern konnten. Ja, es war alles schon sehr seltsam. Morgen schon würde der Dunkelalb wiederkommen und sicher eine Entscheidung erwarten.

»Lass uns schlafen gehen. Morgen früh reden wir frisch und ausgeruht weiter«, schlug Lyra vor und Amia nickte. Ja, das wäre wohl das Beste.

Zusammen erhoben sie sich, hingen ihre Kleider über einen Stuhl und legten sich in ihre Betten. Armas rollte sich wie immer bei Amia zusammen.

Mit einer kurzen Handbewegung löschte Lyra die Lichtquellen und sah an die dunkle Decke der Hütte. Irgendwie gingen ihr die Worte von Myrkvi nicht mehr aus dem Kopf. Sie sollte ihn heiraten, ihre Eltern waren von magischen Wesen getötet worden ...

An Schlaf war nicht zu denken, ihre Gedanken rasten. Sie wollte herausfinden, wie ihre Eltern wirklich ums Leben gekommen waren. Wollte wissen, warum die Lichtalben ihren Eltern nicht geholfen hatten. Sicher wären die Lichtalben gnädiger gewesen, ganz egal, was dieser Myrkvi ihnen erzählt hatte.

Kurzerhand fasste Lyra einen Entschluss. Sie stand wieder auf und suchte im Dunkeln ihre Kleider zusammen. Hastig zog sie sich an, ging nochmal auf ihre Schwester zu und strich der schlafenden Amia ein paar Haarsträhnen aus dem Gesicht.

»Ich bin bald wieder zurück«, flüsterte sie leise, ehe sie sich umdrehte und ging. Doch kaum hatte sie die Tür geöffnet, hörte sie hinter sich ein Maunzen. Seufzend drehte Lyra sich nochmal um und sah die Augen von Armas, die sie im Mondschein wissend anfunkelten.

»Ich muss es einfach herausfinden! Bitte pass auf Amia auf, solange ich weg bin. Sie wird dich brauchen«, bat sie den kleinen Kater und streichelte ihm kurz über den Rücken, da er inzwischen zu ihr gekommen war und sie mit einem schiefgelegten Kopf ansah. Kurz schnurrte er auf, dann tapste er wieder zurück in Amias Bett.

Einen Moment verharrte Lyra noch in der Tür, sah zu ihrer Schwester und war versucht, sie doch noch zu wecken. Aber nein. Amia würde sie nur von ihrem Vorhaben abbringen und dann würde sie nie ihre Antworten bekommen.

Lyra drehte sich fest entschlossen um, trat hinaus in die Dunkelheit und schloss leise die Tür, ehe sie über die zwei Lichtungen lief, vorbei am Hühnerstall und den Obstbäumen, in Richtung des Wasserfalls und dem Portal, von welchem Myrkvi erzählt hatte.

Es dauerte einige Minuten, dann stand Lyra vor dem tosenden Wasserfall und betrachtete ihn. Was hatte der Dunkelalb nochmal gesagt, wie sie hindurch kam? Angestrengt versuchte sie, sich zu erinnern. Nur langsam kehrte das Gespräch in ihr Gedächtnis zurück, bis ihr schließlich wieder einfiel, dass sie sich einfach den Ort vorstellen sollte. Das war nur leider leichter gesagt als getan. Schließlich wollte sie zu den Lichtalben und hatte deren Welt noch nie gesehen.

Tief durchatmend sah Lyra auf den Wasserfall, machte dann einfach einen Schritt vor den anderen. Das eiskalte Wasser des Flusses brannte an ihren Beinen. Wenigstens war das Wasser nicht tief und die Strömung nur schwach.

So konnte sie einfach direkt auf das tosende Wasser zugehen, in Gedanken immer bei den Lichtalben.

Kurz vor dem Wasserfall schloss sie die Augen und trat einfach hindurch.

## Kapitel 3

### Wo ist Lyra?

Amia wurde am nächsten Morgen von einer rauen Katzenzunge geweckt. Murrend versuchte sie, Armas wegzuschieben, aber der Kater blieb hartnäckig.

»Schon gut, schon gut. Ich stehe ja schon auf«, sagte sie schließlich, seufzte auf und setzte sich hin. Sie nahm den Kater auf den Schoß und sah ihn fragend an.

»Was gibt es denn? Hast du Hunger? Du weißt doch, draußen laufen genug Mäuse herum, die du fressen kannst. Oder hast du mal wieder keine Lust, dir etwas zu jagen? Na schön, dann bekommst du eben mal wieder etwas von unserem Fleisch. Nur lass das nicht zur Gewohnheit werden«, mahnte sie ihn wohl zum tausendsten Mal.

Anschließend stand sie auf, streckte sich kurz und sah dann rüber zu ihrer Schwester.

Die gar nicht da war.

»Lyra.« Mit einem schlechten Gefühl zog sich Amia in Windeseile an und ging hinaus, um nach ihrer Schwester zu sehen. Vielleicht war sie früh aufgestanden und versorgte die Hühner und holte Eier.

Aber bei den Ställen war Lyra nicht. Armas strich Amia um die Beine und maunzte. Amia nahm ihn auf den Arm und kraulte ihn unter dem Kinn. Wo war ihre Schwester nur?

»Guten Morgen Amia.«

Erschrocken zuckte Amia zusammen und wirbelte herum. Da war Myrkvi und lächelte sie freundlich an.

»Ähm, guten Morgen. Du bist aber früh da ... Ich habe noch gar nicht mit dir gerechnet und Lyra sicher auch nicht, sie ist gar nicht hier im Übrigen. Ich wollte sie gerade suchen«, erklärte sie dem Alben, welcher verständnisvoll nickte.

»Geh ruhig schon hinein und frühstücke. Ich werde meine Braut schon finden«, versicherte er ihr und Amia nickte, wenn auch skeptisch. Lyra würde es sicher nicht gut finden, dass er sie immerzu ‚seine Braut‘ nannte. Doch sie ließ ihn und ging mit Armas auf dem Arm zurück in die Hütte, um dort das Frühstück vorzubereiten. Ihr Hunger war inzwischen riesig, denn durch den Zwischenfall am Abend waren sie und Lyra nicht mehr zum Essen gekommen.

Armas gab sie ein wenig Fleisch und stellte für sich selbst dann Teller und Brot auf den Tisch. Aber kaum stand die Milch daneben, kam Myrkvi in den Raum und sah recht besorgt aus.

»Was ist los?«, fragte Amia sofort und machte sich Sorgen um ihre Schwester.

»Meine Raben können sie nicht finden. Das bedeutet, sie muss sich in einer anderen Welt aufhalten«, antwortete er nachdenklich und sah Amia an, welche sich nun noch mehr sorgte. Es passte nicht zu Lyra, einfach zu verschwinden. Natürlich wusste Amia, dass ihre Schwester schon immer von wilden Abenteuern und der großen weiten Welt geträumt hatte, aber sie wusste auch, dass Lyra sie nie ohne ein Wort allein gelassen hätte. Schon gar nicht, um in eine andere Welt zu gehen.

»Vielleicht wurde sie ja entführt? Ich kann mir nicht vorstellen, dass sie einfach so gegangen ist. Was, wenn noch etwas durch das von dir genannte Portal gekommen ist und Lyra einfach mitgenommen hat?«, fragte sie und sah Myrkvi ängstlich an. Noch nie waren sie und Lyra getrennt gewesen, es fühlte sich an, als würde ihre Welt aus den Fugen geraten.

»Warum hast du nicht auf sie aufgepasst? Hast du nicht gesagt, du würdest uns immer beschützen? Dass du immer ein Auge besonders auf Lyra hast?«, fuhr sie den Alben plötzlich an. Sie machte sich große Sorgen, fühlte sich hilflos. Und alles was sie tun konnte, war ihre Besorgnis in Wut auf Myrkvi umzuwandeln.

»He, einen Moment! Ihr beide wolltet alleine sein, bereden wie es weiter gehen soll. Also habe ich mich ein wenig von euch abgewandt und meine Raben abgezogen. Aber nur so weit, dass ich es sofort bemerke, sollte eine von euch beiden in Gefahr sein. Das war in keiner Sekunde der Fall«, verteidigte sich der Alb aufgebracht.

»Mach dir keine Gedanken um deine Schwester. Wir finden sie. Glaub mir, ich lasse meine Braut nicht im Stich. Vielleicht ist sie auch einfach nur in meinem Reich gelandet und ich war so fixiert auf diesen Ort hier, dass ich ihr Ankommen nicht bemerkt habe. Komm. Wir können gemeinsam nachsehen, wenn du möchtest« Amia sah Myrkvi intensiv an. Konnte sie ihm wirklich trauen? Andererseits blieb ihr keine andere Wahl, sie musste mitgehen. Oder hierbleiben und hoffen, dass Lyra bald wieder zurückkam.

Kurz schluckte sie den Kloß in ihrem Hals herunter, ehe sie entschlossen nickte.

»In Ordnung. Lass uns gehen. Aber ich möchte nicht lange bleiben! Sobald wir Lyra gefunden haben, werden wir nach Hause gehen«, sagte sie und schaute den Alben ernst an.

»Natürlich. Sofern Lyra mitkommen möchte. Immerhin ist es ihr Schicksal, an meiner Seite über das Reich zu regieren. Du kannst auch gerne bleiben, wenn du das möchtest«, antwortete er, aber Amia war sich sicher, dass sie niemals dortbleiben würde und Lyra auch nicht. Warum auch? Immerhin hatten sie hier alles, was sie brauchten.

»Wer wird sich um die Tiere kümmern?«, fragte sie, als sie am Hühnerstall vorbei kamen.

»Mach dir um sie keine Sorgen. Sie werden zurechtkommen. Armas? Du wirst hierbleiben und auf das Haus aufpassen«, wies Myrkvi den Kater an, welcher gar nicht begeistert aussah. Schmunzelnd kniete sich Amia ins Gras und kraulte ihn liebevoll.

»Ich bin bald wieder zurück und dann bekommst du ein großes Schälchen Milch und leckeres Fleisch«, versprach sie ihm und Armas maunzte süß, ehe er artig zurück in die Hütte lief.

Amia erhob sich wieder und folgte Myrkvi schweigend zum Portal. Erst am Wasserfall sprach Myrkvi zu ihr.

»Nimm meine Hand. Ich werde dich führen, lass auf gar keinen Fall los. Du darfst nur keine Angst haben. Solange ich bei dir bin, wird dir nichts geschehen«, sagte er ruhig und hielt Amia seine Hand hin, welche sie nach einem kurzen Zögern ergriff. Sanft verhakten sich seine Finger mit ihren, dann schritten sie gemeinsam in das eisige Wasser. Amia nahm die Kälte jedoch vor lauter Aufregung nicht wahr. Ihr Herz klopfte wie wild und sie hatte keine Ahnung, was sie in seiner Welt erwarten würde. Nun ja, Lyra hatte in der vergangenen Nacht eine Vision empfangen und ihr gesagt, dass es schrecklich gewesen war.

Zitternd klammerte Amia sich an Myrkvi. Allein bei dem Gedanken an Lyras Schilderungen wurde ihr schon ganz anders.

»Bleibe ganz ruhig. Wie bereits gesagt, solange du bei mir bleibst, kann dir nichts geschehen«, sagte Myrkvi leise, drückte Amias Hand noch ein wenig fester und zusammen schritten sie direkt auf den Wasserfall zu.

Amia schloss die Augen, hielt erschrocken die Luft an und wartete, dass etwas passieren würde. Dass die tosenden Wassermassen sie begraben und ertränken würden. Warum nur hatte sie sich darauf eingelassen?

»Amia! Mach dich Augen auf und atme wieder.«

Zögerlich öffnete Amia ihre Augen erst nur einen kleinen Spalt breit. Dann holte sie erschrocken Luft und sah sich um. Alles hier sah ganz und gar nicht wie in Lyras Beschreibungen aus. Sie standen hier im Innenhof eines majestätischen Palastes, mitten auf einer grünen Rasenfläche. Ein großer Apfelbaum stand in der Mitte des Innenhofes und einige Kinder kletterten auf ihm herum. Abgesehen von dem Apfelbaum gab es Rosenbüsche, die wunderschön blühten, daneben ein kleiner Springbrunnen, aus dem klares Wasser sprudelte.

»Es sieht hier gar nicht so aus, wie Lyra es geschildert hat«, stellte sie fest und Myrkvi sah sie an.

»Nein, hier nicht. Du befindest dich in der Burg. Aber komm mit, dann wirst du sehen, was deine Schwester in ihrer Vision erblickt hat.« Erneut nahm er ihre Hand und zog sie mit sich.

»Sollten wir nicht erst schauen, ob Lyra hier ist?«, fragte Amia, während sie ihm folgte, aber Myrkvi schüttelte nur den Kopf.

»Nein, sicher wartet sie bereits bei meinem Vater. Du wirst ihn auch gleich kennenlernen. Er wird sich bestimmt freuen«, erwiderte er ruhig. Er führte Amia über eine alte Steintreppe am Rand des Innenhofes auf die Außenmauer der Burg. Oben angekommen blieb er stehen und deutete auf das Land hinter den Burgmauern. Amia folgte seiner Geste und sah sprachlos auf das Land. Der Himmel war schwarz, das Land ausgestorben. Es gab dort keine Pflanzen, keine Tiere, nichts. Nur irgendwo in der Ferne sah sie Soldaten marschieren. Erst jetzt fiel ihr auf, dass es auch hier in der Burg verdächtig ruhig war. Trotz der Bäume und Blumen im Innenhof hörte sie keinen Vogel singen, keine Bienen summen. Es war viel mehr wie ein Bild. Wunderschön anzusehen, aber im Grunde ohne jedes Leben, so wie Lyra es beschrieben hatte.

»Deswegen brauchen wir Lyra. Sie wurde uns prophezeit und soll unser Land wieder zum Erblühen bringen. Sie beherrscht das Feuer und hat die Macht unsere Feinde zu bekämpfen. Sie wird das Licht zurückbringen und dafür sorgen, dass alles wieder leben kann. Erst dann kann sich auch unser Volk wieder erholen und diese Welt weiter bevölkern«, erklärte er ihr ruhig und Amia nickte. Sie war wirklich schockiert von dem, was sie sah. Wie könnte sie auch nicht? Sie war ein Kind der Erde und brauchte die Natur, um glücklich sein zu können.

»Wer sind eure Feinde? Warum muss Lyra euch helfen?«, fragte sie und sah Myrkvi erschüttert an.

»Die sogenannten Schattenwesen sind unsere Feinde. Wie ihr Name bereits ausdrückt, sind sie nichts weiter als Schatten und saugen alles Leben aus diesem Land. Nur in diesem Palast sind wir sicher, er wird von der Magie meines Vaters geschützt. Er ist ein sehr mächtiger König«, erklärte Myrkvi ruhig, konnte Amia aber ansehen, dass sie schon die nächste Frage parat hatte.

»Nein, er kann die Schattenwesen nicht bekämpfen. Das geht nur mit Elementarmagie, dem Feuer. Deine Schwester besitzt diese Gabe. Zwar besitze ich auch Elementarmagie, aber mit Luft kann ich wenig ausrichten. Du musst wissen, die Elementarmagie ist sehr selten. Schließlich gibt es nur die vier Elemente Feuer, Erde, Luft und Wasser. Niemals wird eine dieser Gaben zweimal vergeben. Aber nun komm. Lass uns zu Lyra gehen, sicher erwartet sie uns schon«, sagte er freundlich und führte sie wieder die Treppe hinunter und über den Hof. So ganz gefiel es Amia immer noch nicht, aber sie folgte ihm schweigend und versuchte, das Geschehene irgendwie zu verdauen. Langsam verstand sie, warum die Dunkelalben ihre Schwester so dringend brauchten. Aber das war doch kein Grund, sie direkt als Braut zu beanspruchen.

Amia kam nochmals ins Staunen, als sie das Eingangstor der Burg passierte. Die Decken waren sehr hoch und prunkvoll verziert. Auf den Gängen stand in jeder Nische ein Bäumchen oder eine wunderschöne Blumenranke. Nichts deutete darauf hin, wie es außerhalb der Mauern aussah.

»Myrkvi! Da bist du ja wieder! Ist das deine Braut?« Amia und Myrkvi blieben stehen und drehten sich um. Ein Alb mit langen, fast schwarzen Haaren und braunen Augen stand ihnen gegenüber. Wie Myrkvi war auch er hochgewachsen und ebenso durchtrainiert. Allerdings sah er ein wenig schmaler aus, nicht so sehr nach einem Krieger, wie Myrkvi es tat.

»Varg! Nein, das ist nicht meine Braut, sondern ihre Schwester. Amia? Das ist Varg, mein bester Freund«, erklärte Myrkvi und sah Varg an. »Sag, ist Lyra hier? Sie muss das Portal verwendet haben, denn meine Raben konnten sie in ihrer Welt nicht mehr aufspüren. Daher nahm ich an, dass sie es nicht abwarten konnte und ohne mich herkam. Ich habe dir ja erzählt, wie neugierig und abenteuerlustig sie ist«, sagte er schmunzelnd, aber Varg schüttelte den Kopf.

»Tut mir leid, mein Freund, aber außer dir und deiner zukünftigen Schwägerin kam heute niemand durch das Portal«, antwortete er.

»Könnt ihr bitte aufhören so über meine Schwester zu reden? Lyra ist nicht Myrkvis Braut und ich nicht seine Schwägerin! Ihre Meinung hat sie gestern deutlich kundgetan. Sie wird ihn nicht heiraten! Das Thema wäre also geklärt. Jetzt müssen wir weiter und rausfinden, wo sie ist! Schließlich könnte sie sonst wo gelandet sein«, redete Amia sich in Rage und die beiden Männer blickten sie an. Myrkvi sogar überrascht, denn bei der sanftmütigen Amia hatte er nicht mit einem Wutausbruch gerechnet. Allerdings sorgte sie sich wirklich um ihre Schwester und da konnte Amia ganz anders werden.

»Beruhige dich, wir werden sie schon finden. Wir suchen jetzt meinen Vater auf und fragen ihn, wo deine Schwester gelandet ist«, versicherte Myrkvi beruhigend und Varg, der Amia nun skeptisch ansah, nickte nur zustimmend. Vielleicht sollte er die Braunhaarige ein wenig im Auge behalten. Nicht, dass sie noch irgendwelchen Unsinn anstellte.

Es beruhigte Amia allerdings kein bisschen, ihre Sorge um Lyra war einfach zu groß. Schließlich konnte allerhand passiert sein.

Gemeinsam gingen sie durch die scheinbar endlosen Gänge, in denen rechts und links wunderschöne Säulen standen. Doch sie konnte sich nicht mehr so an der Schönheit erfreuen, wie bei ihrer Ankunft noch. Zu groß war die Sorge um ihre Schwester.

## Kapitel 4

### Lyra bei den Lichtalben

Lyra ging mit geschlossenen Augen durch den Wasserfall hindurch. Kaum war sie auf der anderen Seite, hatte sie auch schon das Gefühl, zu fallen. Als sie ihre Augen langsam öffnete, fand sie sich in einem endlosen Strom aus Farben wieder. Immer wieder dachte sie an die Lichtalben, vielleicht half es ja, den richtigen Ort zu finden.

Wie lange sie fiel, konnte Lyra nicht sagen, aber irgendwann landete sie ein wenig unsanft auf einer wunderschönen Wiese. Unzählige Blumen wuchsen hier in einem Meer von saftigem Gras. Hin und wieder standen dort auch vereinzelt Bäume, gaben den laut singenden Vögeln ein Zuhause und spendeten Schatten. Der Himmel war ganz klar und hatte ein so schönes Blau, wie Lyra es noch nie gesehen hatte. Alles war ... perfekt! Es sah aus wie mitten im Frühling, Amia würde sich hier bestimmt richtig wohl fühlen.

Ein Lächeln schlich sich auf Lyras Lippen, als sie an ihre Schwester dachte, aber dann kam der Zorn. Wie konnten die Lichtalben ihre Eltern nur sterben lassen? Vermutlich hatte Myrkvi recht gehabt und sie waren sich einfach zu fein, um anderen zu helfen. Was hatte er noch gesagt? Nur magische Wesen hätten den Schutz der Dunkelalben umgehen und ihre Eltern töten können. Das erklärte doch alles.

In Lyras Kopf drehte es sich. Eben noch hatte sie die Lichtalben für gütig und rein gehalten. Aber jetzt? Sie sah diese perfekte Welt und verspürte nichts weiter als Wut darüber, dass die Lichtalben ihren Eltern nicht zu Hilfe gekommen waren.

Aufgebracht stapfte Lyra über die Wiese. Irgendwo hier würde sie sicher einen Alben finden und dann verlangen, dass dieser sie zu ihrem König brachte. Den würde sie dann zur Rede stellen und eine Antwort verlangen. Sicher hielt er sich für etwas Besseres. Klar, es ging ja auch ‚nur‘ um Menschen!

Lyra wurde durch ihre Gedanken immer aufgebrachter und sie musste sich wirklich zurückhalten, dass sie nicht einen der Bäume in Flammen aufgehen ließ.

Doch dann ... hörte sie ein glockenklares Kichern. Verwundert schaute sich Lyra um und versuchte herauszufinden, woher das süße Kichern kam.

»Da! Dada! Da«

Lyra sah sich weiter um und sah dann ein kleines Kind über einen Hügel tapsen. Es war noch klein, das Gras ging bis über ihre Knöchel. In der Sonne glänzten die Löckchen wie pures Gold und nun erkannte Lyra, dass es ein kleines Mädchen war. Sie konnte höchstens ein Jahr alt sein, trug ein schneeweißes Kleidchen mit Spitze an den Säumen und jagte einem Schmetterling hinterher.

»Dada! Da! Da«, plapperte das Mädchen immer wieder, während sie mit ausgestreckten Armen begeistert dem Schmetterling folgte.

Wie in Trance stand Lyra nun da, beobachtete dieses kleine Mädchen und konnte kaum den Blick abwenden. Aber dann sah das kleine Mädchen plötzlich in ihre Richtung. Sofort war der Schmetterling vergessen und die Kleine lief munter lachend auf Lyra zu. Erschrocken wich sie zurück, was wollte das Kind von ihr? Hatte man sie vielleicht sogar schon bemerkt und nun dieses liebliche Kind geschickt, um sie gut zu stimmen? Da hatten die Alben sich aber geirrt. Sie würde dennoch den König aufsuchen und ihm gehörig ihre Meinung sagen.

All ihre Pläne wurden über den Haufen geworfen, als das kleine Mädchen voller Übermut zu schnell lief, über ihre eigenen Füßchen stolperte und hinfiel.

Bitterlich weinend saß sie nun da, Lyra eilte sofort hin und nahm die Kleine tröstend auf den Arm.

»Schhh ... alles gut, kleine Maus. Das war sicher nur der Schreck«, redete sie der Kleinen zu, so wie ihre eigene Mutter es früher immerzu getan hatte, wenn Lyra wieder zu abenteuerlustig gewesen war.

Schnell beruhigte das Mädchen sich und strahlte Lyra nun wieder glücklich an. Die Tränchen verschwanden und Lyra sah in zwei klare Augen, strahlend Blau wie der Sommerhimmel. Munter brabbelte die Kleine drauf los und begann mit Lyras Haaren zu spielen. Lyra ließ sie erstmal, Hauptsache sie weinte nicht mehr.

»Ylvi!« Lyra sah auf und entdeckte eine junge Frau, die über den Hügel kam. Suchend sah sie sich um und als sie Lyra und ihre Tochter erblickte, kam sie direkt auf sie beide zugelaufen.

Lyra stand mit der Kleinen auf dem Arm auf und sah die Frau an. Sie trug ebenfalls ein weißes Kleid, wie ihre Tochter. Doch war ihr Kleid aus einem seltsamen Stoff, den Lyra noch nie zuvor gesehen hatte. Er hatte einen leichten Blauschimmer und schien weich und ganz glatt zu sein.

»Ihr ist nichts passiert, sie hat nur einen Schmetterling fangen wollen und ist dabei gestolpert und hingefallen«, erklärte Lyra und die Albenfrau nahm besorgt ihre Tochter auf den Arm. Ylvi sah ihre Mutter zufrieden an und begann wieder irgendwas zu plappern, zeigte dabei immer wieder auf Lyra, die einfach nur dastand und die Mutter der Kleinen unverhohlen musterte. Sie hatte wie ihre Tochter goldenes Haar, vielleicht eine Spur dunkler. Lächelnd wandte sich die Albin an sie.

»Ich habe dich hier noch nie gesehen. Aber danke, dass du meine Tochter eingefangen hast. Sie ist immer viel zu neugierig. Ich heiße übrigens Kaarina«, stellte sie sich vor und reichte Lyra die Hand. Natürlich erwiderte Lyra diese Geste, strich sich dabei mit der anderen Hand das lange Haar hinter die Ohren. Kaarina machte große Augen.

»Du bist ein Mensch? Aber ... wie bist du dann hier her gekommen?«, fragte sie und wich ein wenig zurück.

»Mein Name ist Lyra. Ich bin kein gewöhnlicher Mensch, ich habe magische Fähigkeiten. Myrkvi, der Prinz der Dunkelalben hat mir erklärt, wie ich ein Portal benutzen kann«, erklärte sie ruhig und sah Kaarina abwartend an. Die schien nicht sonderlich überzeugt zu sein.

»Was möchtest du hier?«, fragte sie und drückte Ylvi sanft an sich. Doch die Kleine hatte nicht die geringste Angst, grinste Lyra an und zeigte dabei ihre zwei Zähnchen.

»Ich tue euch nichts. Aber ich würde gern mit eurem König sprechen. Ich habe einige Fragen, die unbedingt geklärt werden müssen«, antwortete Lyra ruhig. Hoffentlich hielt man sie jetzt nicht für den Feind.

»Kaarina? Ylvi? Wo bleibt ihr denn?« Hinter dem Hügel erschien nun noch eine Person. Es war ein Mann, sein Haar glänzte wie die Sonne und war sehr lang, es ging bis zu seinen Hüften. Seine Kleidung war wie bei dem kleinen Mädchen strahlend weiß, hatte aber viele Verzierungen aus glitzernden Silberfäden. Lyra musste zugeben, dass er mit seiner schlanken Gestalt, dem schmalen Gesicht und den leuchtend blauen Augen wirklich schön aussah. Ihr fiel auf, dass er die gleichen Augen wie Kaarina hatte.

»Hier sind wir! Komm her!«, rief Kaarina und kurz darauf war der Mann bei ihnen. Er stellte sich neben Kaarina und Ylvi und sah Lyra wachsam an.

»Wer bist du? Was willst du hier?«, verlangte er zu wissen und klang dabei recht fordernd. Damit war er bei Lyra natürlich genau richtig.

»Glaube mal nicht, dass du dich für etwas Besseres halten kannst, nur, weil du ein Alb bist! Ich bin Lyra, eine Hexe, und wenn du weiter so mit mir redest, verbrenne ich dir dein Haar, denn ich beherrsche das Feuer«, drohte sie ihm, aber der Alb grinste bloß.

»Achso? Nun, dann solltest du wissen, dass ich das Wasser beherrsche. Damit bin ich dir also überlegen«, erwiderte er gelassen und nahm Ylvi zu sich auf den Arm.

Kaarina sah ihn an. »Sie sagte, sie möchte mit dir reden, Brüderchen. Was sie von dir genau wissen möchte, hat sie aber nicht gesagt«, erklärte Kaarina und sah zu Lyra. »Das ist Aleksi, der König der Lichtalben. Du kannst ihm nun gern deine Fragen stellen«, sagte sie ruhig und Lyra fiel die Kinnlade hinunter. Na das fing ja gut an. Wenigstens schien die kleine Ylvi auf ihrer Seite zu sein, denn die Kleine sah sie immer noch munter an. Ganz im Gegensatz zu Aleksi und Kaarina.

»Ich würde gern mit dir unter vier Augen reden«, sagte Lyra schließlich und versuchte wenigstens jetzt ein wenig höflicher zu sein. Warum musste sowas aber auch immer ihr passieren? Amia wäre das sicher nie passiert, ihre Schwester wusste sich in jeder Situation zu benehmen.

»Warum? Du kannst ruhig reden. Vor meiner Schwester habe ich keine Geheimnisse. Und die kleine Ylvi wird wohl kaum plaudern«, erwiderte Aleksi und streichelte seiner Nichte über den Rücken. Er traute Lyra nicht. Sie war ein Mensch, der aus dem Nichts aufauchte und ihm drohte.

Lyra kaute nervös auf ihrer Unterlippe herum. Normalerweise war sie nicht so, aber das hier war eine vollkommen neue Situation und sie hatte keine Ahnung, was die Lichtalben für Fähigkeiten hatten. Außerdem wollte sie mit ihrer sonst so feurigen Art keinen Streit provozieren und womöglich die süße Ylvi wieder zum Weinen bringen.

»Ich bin hier, weil ... gestern tauchte Myrkvi, der Prinz der Dunkelalben, bei mir und meiner Schwester auf. Er sagte, dass unsere Eltern damals einen Pakt mit ihm und seinem Vater geschlossen hätten. Ich soll ihn heiraten! Aber ich weigere mich, diesen Dunkelalben zu heiraten! Nun bin ich hier, weil ich wissen möchte, warum du meine Eltern damals nicht erhört hast! Sicher haben sie zuerst nach euch gerufen und dann erst nach den Dunkelalben«, erklärte sie und regte sich weiter auf. Dass Aleksi die ganze Zeit gelassen blieb, half ihr da auch nicht weiter.

»Das kann ich dir ganz einfach beantworten. Deine Eltern mögen uns vielleicht gerufen haben, aber von hier aus gibt es keinen Kontakt zu eurer Welt. Wir können sie nicht sehen und auch keine Rufe hören. Nein, unsere Welt ist komplett eigenständig und von den anderen Welten abgeschnitten. Wer einmal hierher gelangt, kommt nicht wieder zurück, da das Portal nur eine Richtung hat. Ich hoffe also, dass du dich von deiner Schwester verabschiedet hast. Denn sofern sie nicht zu uns findet, wirst du sie nie wiedersehen«, antwortete der blonde Alb trocken und Lyra fühlte sich, als hätte er ihr gerade das Herz heraus gerissen. Sie würde nicht wieder zu ihrer Schwester zurückkönnen? Niemals? Nein, das konnte doch nicht möglich sein! Irgendeinen Weg musste es doch geben und sie würde alles tun, um diesen zu finden.

**Kapitel 5**

**Bei den Dunkelalben**

Amia stand mit Myrkvi und Varg in einer großen Halle. Die Decke war sehr hoch und wurde an beiden Seiten von Marmorsäulen mit Verzierungen aus Gold und Edelsteinen gehalten, ähnlich wie die Säulen draußen auf den Gängen. Zwischen ihnen standen gefährlich aussehende Wachen und dahinter waren riesige Fenster mit glänzenden, goldenen Rahmen. Alles sah sehr prunkvoll aus, verlor aber jeglichen Wert, wenn Amia daran dachte, wie es außerhalb des Palastes aussah.

Amia wurde aus ihren Gedanken gerissen, als sie plötzlich gegen Myrkvis Rücken lief. Amüsiert trat er einen Schritt zur Seite und sah zu ihr runter.

»Wo willst du denn noch hin?«, fragte er mit einem leichten Grinsen, während Amia ein wenig rot um die Nase wurde. Schmunzelnd wandte Myrkvi sich wieder um. Sie schaute sich weiter um und sah nun einen goldenen Thron, der mit zahlreichen Mustern versehen war. Darauf saß ein Mann, der Myrkvi ähnlichsah. Man konnte fast sagen, dass es sich um eine ältere Ausgabe von ihm handelte, mit einigen grauen Strähnen im rabenschwarz der schulterlangen Haare.

»Vater, darf ich vorstellen? Amia, die Schwester meiner Braut und die Hüterin des Elementes Erde. Ich brachte sie mit, weil Lyra das Portal verwendete und wir annahmen, dass sie hierher kam. Doch wie Varg bereits sagte, ist niemand außer mir und Amia durch das Portal hindurch gekommen und meine Raben können sie nicht aufspüren. Deswegen brauchen wir deine Hilfe, um herauszufinden, wo sich meine Zukünftige befindet. Amia? Das ist mein Vater Ragn«, sagte er und schob Amia ein wenig vor. Diese schluckte leicht und sah unsicher zu dem König hinauf, ehe sie den Blick senkte und sich an einer anständigen Verbeugung versuchte.

»Freut mich sehr, Euch kennen zu lernen«, sagte sie schüchtern und Ragn kam auf sie zu.

»Aber, aber! Nicht so förmlich, meine Liebe, du gehörst schließlich so gut wie zur Familie. Nenne mich ruhig Ragn. Macht euch wegen Lyra keine Gedanken, wir werden sie schon finden. Im schlimmsten Fall ist sie bei den Lichtalben gelandet und dort wird ihr sicher nichts passieren«, sagte er freundlich und Amia sah ihn irritiert an.

»Warum wäre es der schlimmste Fall, wenn sie ihr nichts tun würden?«, fragte sie ihn, da sie es nicht verstand. Wenn die Lichtalben freundlich waren, dann war es doch nicht weiter schlimm. Sie würden einfach nochmal das Portal benutzen, dorthin gehen und Lyra nach Hause holen. Wo lag also das Problem?

»Aus dem Reich der Lichtalben gibt es kein Portal zurück. Man gelangt dorthin, kommt aber nicht wieder ohne die nötigen magischen Kräfte zurück. Und ich bezweifle, dass sie deiner Schwester diese Kräfte zur Verfügung stellen werden, besonders, wenn Aleksi erfährt, dass Lyra meine Verlobte ist. Noch dazu eine Gesegnete der Elemente. Wenn ich dort mit dir auftauche ... naja, Aleksi und ich sind nicht gerade die besten Freunde«, erklärte Myrkvi.

»Lyra hat doch magische Kräfte. Dann kann sie das Reich wieder verlassen, oder?«, hakte Amia nach, aber nun schüttelte Ragn den Kopf.

»Tut mir leid, meine Liebe, aber deine Schwester hat kein Adelsblut in ihren Adern. Nur Mitglieder der königlichen Familie der Dunkel- und Lichtalben können Portale erschaffen. Allerdings haben die Lichtalben kein Interesse an dem Geschehen in anderen Welten, somit erschaffen sie auch keine Portale«, sagte er ruhig und zerstörte damit Amias Hoffnungen. Deprimiert sah sie zu Boden und hoffte, dass Lyra wirklich nichts passieren würde. Aber vielleicht war sie ja auch gar nicht bei den Lichtalben, sondern ganz woanders gelandet.

»Ich schlage vor, dass wir Amia erstmal in ein Gästezimmer bringen und versorgen. Sie sieht ein wenig blass aus und hat heute noch nichts gegessen.« Amia blickte auf und sah Myrkvi an.

»Nein! Meine Schwester hat oberste Priorität! Was, wenn ihr etwas passiert ist? Wie könnt ihr nur so ruhig bleiben«, blitzte Amia Myrkvi an. Sie verstand es einfach nicht. Myrkvi behauptete, dass Lyra ihm wichtig war und nun kümmerte er sich um alles Mögliche, nur nicht um die Suche nach Lyra.

»Amia, ganz ruhig. Ich kann verstehen, dass du dich sorgst und unser Handeln nicht nachvollziehen kannst. Aber als ich damals den Handel mit euren Eltern einging und beide mit der Magie segnete, wurdet ihr an Myrkvi gebunden. So konnten wir beide sicher sein, dass es euch immer gut geht. Denn geht es euch schlecht, spürt Myrkvi das. Ebenso, wenn einem von euch beiden Gefahr droht. Er kann nur nicht spüren, wo ihr euch befindet. So konnten wir immer sichergehen, dass euch nichts geschieht. Wobei es natürlich nie beabsichtigt war, dass diese Verbindung auch zu dir besteht. Damals konnte ja keiner ahnen, dass Zwillinge in eurer Mutter heranwachsen«, erklärte Ragn freundlich und wandte sich mit seinem Sohn zum Gehen, während Varg zurückblieb. Amia war immer noch skeptisch. Warum hatte Myrkvi ihr das nicht gleich erzählt? Warum musste sie den beiden immer erst Fragen stellen, um solche wichtigen Dinge zu erfahren? Sie vertraute den beiden nicht, was zumindest bei Ragn auf Gegenseitigkeit zu beruhen schien. Wenigstens würde man ihr hier nichts antun.

Schweigend folgte sie den beiden durch die weiteren Gänge, bis sie vor einer geschlossenen Tür zum Stehen kamen.

»Hier kannst du erstmal zur Ruhe kommen. Fühl dich wie Zuhause. Natürlich bist du hier keine Gefangene und kannst das Zimmer jederzeit verlassen. Du solltest nur nicht den Palast verlassen, vor den Toren ist es gefährlich. Mein Vater und ich werden in der Zwischenzeit nachsehen, wo sich Lyra rumtreibt«, sprach Myrkvi und strich Amia kurz mit dem Handrücken beruhigend über die Wange, ehe er sich umdrehte und gemeinsam mit Ragn davonschritt. Stirnrunzelnd sah Amia ihnen nach. Da stimmte doch irgendwas nicht! Warum durfte sie nicht dabei sein, wenn sie nur nachsehen wollten, wo Lyra war?

»Miau.«

Amia zuckte zusammen, ehe sie Armas erblickte, der plötzlich vor ihr stand.

»Armas? Wie kommst du denn her? Du solltest doch zuhause bleiben«, sagte sie verblüfft, nahm den kleinen Kerl hoch und drückte ihn an sich, bevor sie mit ihm auf dem Arm ihr Zimmer betrat. Es war ein schöner, großer Raum, auch hier war alles durch die großen Fenster lichtdurchflutet. Auf der rechten Seite stand ein wunderbares Himmelbett, direkt gegenüber eine Kommode mit Spiegel und einem bequemen Stuhl. Daneben befand sich eine Tür, aber Amia wollte jetzt nicht nachsehen, wohin sie führte. Stattdessen setzte sie sich auf das weiche Bett, kuschelte noch ein wenig mit Armas und gab ihm einen Kuss auf den Kopf.

»Ich bin froh, dass du hier bist. Wenigstens einer, der mir zur Seite steht. Weißt du ... ich traue dem Ganzen hier nicht. Warum verheimlichen sie mir so viel? Ich würde es gern herausfinden«, sagte sie leise und kraulte dem Kater das Bäuchlein. Armas hörte ihr geduldig zu und schnurrte dabei genüsslich.

»Wie bist du überhaupt hergekommen? Erzähl mir nicht, dass auch du Geheimnisse vor mir hast! Na, das wird Myrkvi mir aber erklären müssen«, brummte Amia und Armas sah sie unschuldig an. Es war doch seine Aufgabe, auf sie aufzupassen!

Als es leise an der Tür klopfte, sah Amia auf.

»Ja, bitte?« Die Tür wurde geöffnet und eine ältere Dame betrat den Raum, ebenfalls eine Albin.

»Hallo Liebes, ich bringe dir etwas zu Essen. Myrkvi bat mich darum. Er sagte, dass du ordentlich Hunger hast«, sagte sie und stellte ein Tablett auf den Beistelltisch. Amia warf einen Blick auf das Essen, erkannte aber nichts davon wieder. Armas hingegen sprang sofort von ihrem Schoß und lief rüber um die Milch zu trinken, die die Albin ihm hingestellt hatte.

»Wo ist Myrkvi denn hin? Er wollte nachsehen, wo Lyra ist, aber wie und wo macht er das?«, fragte Amia und hoffte, dass die Albin es ihr sagen würde. Aber sie wurde enttäuscht.

»Leider kann ich dir das nicht sagen. Weißt du, es gibt gewisse Dinge, die der Königsfamilie vorbehalten sind. Aber sei dir sicher, dass deiner Schwester nichts passieren wird«, antwortete die Albin und war schon wieder verschwunden, noch bevor Amia weitere Fragen stellen konnte. Mit einem Seufzen erhob sie sich und gesellte sich zu ihrem Kater, auf einen gemütlichen Sessel neben dem Beistelltisch. Sie sah sich das Essen genauer an, konnte aber nichts wiedererkennen, abgesehen von dem Brot und einem Apfel. Alles andere waren Früchte, die sie noch nie zuvor gesehen hatte. Schweigend nahm Amia sich etwas davon und probierte eine orangefarbene Frucht, die ganz rund und weich war. Ohne zu überlegen biss sie hinein, stellte dann aber fest, dass man die bittere Schale zunächst entfernen musste, was erstaunlich einfach ging. Dann nahm sie die kleinen Teile der Frucht auseinander und begann noch einmal zu essen. Ja, das schmeckte wirklich lecker. Auf dem Tablett erblickte sie eine rote Frucht mit einer deutlich härteren Schale. Amia brach diese mit ein paar Schwierigkeiten auf, ehe sie an die weichen, essbaren Kerne kam. Die schmeckten absolut köstlich!

Es klopfte und einen Moment später kam Myrkvi herein.

»Ah, wie ich sehe, hast du bereits Granatäpfel für dich entdeckt«, sagte er schmunzelnd und setzte sich dazu. Er erblickte den Kater und stutzte.

»Auf dich ist kein Verlass! Erst kümmerst du dich um die falsche Schwester und dann kannst du noch nicht einmal bleiben, wo man es dir befiehlt«, sagte er, aber Amia nahm Armas hoch und drückte ihn schützend an sich.

»Du hast kein Recht, so mit ihm zu schimpfen! Er hat mich bestimmt vermisst und wenigstens lässt er mich nicht einfach allein«, warf sie Myrkvi vor, der sie nun zerknirscht ansah und sich seufzend mit der Hand durch die Haare fuhr.

»Hör zu, ich konnte dich nicht mitnehmen. Es ging hier um höhere Magie, die nur der königlichen Familie zugänglich ist«, versuchte er zu erklären, aber Amia wollte davon nichts hören.

»Ich gehöre doch auch zur königlichen Familie, oder etwa nicht? Du willst meine Schwester heiraten, dadurch gehöre ich dazu und habe ein Recht darauf, zu erfahren, was ihr gemacht und ob ihr etwas herausgefunden habt! Außerdem wäre es interessant zu wissen, wie Armas so einfach hier her kommen konnte!«, erwiderte sie energisch. Der Dunkelalb blickte sie zögernd an und wägte die Situation ab. Einerseits durfte er ihr nichts sagen, andererseits würde sie nicht aufgeben und sie verloren nur wertvolle Zeit.

»Also schön«, gab er schließlich nach. »Mein Vater und ich besitzen ein magisches Artefakt, mit dem wir die Menschen hin und wieder beobachten können, es funktioniert aber nicht immer. Wie die Magie genau funktioniert, weiß nur mein Vater und nur er kann die Sicht dieses Artefakts lenken. Da deine Schwester ein Mensch ist, konnten wir sie bei den Lichtalben ausfindig machen, sie befindet sich bei der Schwester des Königs. Ich werde gleich aufbrechen, um sie dort hinaus zu holen. Dein Kater hat, wie wir auch, das Portal verwendet. Mit dem Unterschied, dass er das Portal nutzen kann wie er möchte, denn Katzen haben die Fähigkeit zwischen den Welten zu wechseln. Deswegen gab ich ihn zu euch, damit er immer ins Schloss kommen kann, sollte mir oder meinen Raben doch etwas entgehen«, antwortete der Prinz. Amia ließ ihn nicht aus den Augen.

»Gut, dann lass uns gehen. Je früher wir aufbrechen, desto früher können Lyra und ich wieder zurück nach Hause« Amia stand mit Armas auf dem Arm auf und schaute Myrkvi an, dieser jedoch blieb sitzen und sah sie nur an.

»Nein, du wirst hierbleiben. Aleksi ist nicht zu unterschätzen und wer weiß, auf was für Gedanken er kommt, wenn du auch noch dort bist«, meinte er ruhig und stand nun ebenfalls auf. »Bleib hier. Ich bringe dir deine Schwester zurück, versprochen. Hier bist du einfach sicherer. Du wirst schon sehen, noch bevor der heutige Tag endet, wirst du mit deiner Schwester wieder vereint sein.« Mit diesen bestimmten Worten erhob sich Myrkvi, gab Amia einen Kuss auf den Kopf und verließ anschließend das Zimmer. Schweigend sah Amia ihm nach.

»Er glaubt doch nicht wirklich, dass ich hier sitze und darauf warte, dass er Lyra herbringt«, knurrte sie, streichelte Armas gedankenverloren über den Rücken und wartete noch einen Moment, ehe sie ihr Zimmer verließ, um Myrkvi zu folgen. Ihre Schwester war alles für sie und untätig rumsitzen kam nicht infrage.

Glücklicherweise hatte sie sich den Weg einigermaßen merken können und so hatte sie Myrkvi bald in Sichtweite. Sie versteckte sich mit Armas hinter einem Baum, wartete, bis Myrkvi durch das Portal war und lief dann ebenfalls zu dieser Stelle. Tief durchatmend drückte sie Armas an sich und trat durch das Portal in der Steinmauer.

## Kapitel 6

### Bei den Lichtalben

Lyra war inzwischen in das große Schloss der Lichtalben geführt worden. Aleksi und Kaarina hatten sie hergebracht, damit sie nicht draußen rumlief und irgendwelchen Unsinn anstellte. Es ärgerte sie, dass sie nicht vorher darüber nachgedacht hatte, wie sie am besten wieder zurückkam. Nein, stattdessen war sie wie immer mit dem Kopf durch die Wand, ohne über irgendwelche Konsequenzen nachzudenken.

»Da Da« Lyra lächelte schwach, als Ylvi ihr einen Holzklotz hinhielt. Ja, die kleine Albin schien die Einzige zu sein, die ihr über den Weg traute. Sie nahm den Holzklotz und stellte ihn auf den Turm aus anderen Bauklötzen. Ylvi machte es ihr gleich mit einem weiteren Bauklotz, dann warf sie den Turm um und jubelte klatschend. Lyra konnte nicht anders und lachte laut auf, die Kleine war wirklich zum Anbeißen süß. Trotzdem tröstete sie das nicht über das Geschehene hinweg. Sie war traurig, dass sie nicht wieder zu ihrer Schwester nach Hause konnte, bestimmt machte sich Amia fürchterliche Sorgen.

»Daaaa! Vovo«, rief Ylvi plötzlich und deutete aufgeregt zu dem offenen Fenster. Verwundert folgte Lyra ihrem Blick und sah auf dem Fenstersims einen Raben sitzen. Auch Kaarina, die auf einem Schaukelstuhl saß und ein wenig genäht hatte, schaute zu dem Raben und ihre Augen wurden größer. Der Rabe musterte Lyra, krächzte auf und kam auf sie zugeflattert, ehe er sich innerhalb weniger Sekunden in Myrkvi verwandelte. Lyra keuchte erschrocken auf und stellte sich instinktiv vor Ylvi, die begeistert in die Hände klatschte. Auch Kaarina war bereits aufgesprungen, ließ ihre Sachen fallen und nahm ihre Tochter beschützend auf die Arme.

»Du!«, rief sie und drückte Ylvi fest an sich.

»Myrkvi! Was ... Wie? Ein Rabe?«, fragte Lyra und sah den Dunkelalben sprachlos an, der nun auf sie zu kam, Kaarina ignorierte er erstmal. Solange sie keinen Ärger machte, stellte sie keine Gefahr dar.

»Lyra, ich bin froh, dich wohlauf zu sehen. Deine Schwester macht sich bereits fürchterliche Sorgen und ich bin hier, um dich nach Hause zu holen. Seit einer Stunde suche ich bereits nach dir! Und ja, ich kann mich in einen Raben wandeln, das gehört zu meinen Fähigkeiten. Jeder Alb hat ein Krafttier als Verbündeten und er oder sie kann sich in dieses Tier verwandeln. Aber das erkläre ich dir später, jetzt bringe ich dich erstmal hier weg«, sagte er und nahm seine Verlobte einfach in den Arm. Lyra löste sich sofort wieder.

»Wir kommen hier nicht wieder weg. Der König hat gesagt, dass es keinen Weg aus diesem Land gibt«, antwortete sie deprimiert mit einem Blick auf Kaarina und ihre Tochter. Ylvi war immer noch ganz begeistert von dem Raben, der sich in einen Alb verwandelt hatte.

»Aleksi hat gelogen. Man kommt hier wieder raus. Allerdings benötigt man die Königsmagie und ich denke, er ist sich zu schade, um meine Verlobte zu mir zu bringen. Ich sagte ja bereits, dass die Lichtalben arrogante Wesen sind. Sie denken nur an sich selbst«, erklärte er und Lyra fiel die Kinnlade runter.

»Er hat mich also angelogen? Ich glaube das einfach nicht«, knurrte sie wütend und sah dann zu Kaarina. »Ihr seid das Letzte! Myrkvi hatte recht, ihr seid keineswegs freundliche Wesen! Ylvi kann einem wirklich leidtun, dass sie hier aufwachsen muss!« Nun war es Kaarina, die Lyra böse anfunkelte.

»Achso? Hast du vielleicht schon einmal daran gedacht, dass wir dich nur nicht wieder gehen lassen wollen, um uns und unsere Kinder zu schützen? Immerhin hast du es als Außenstehende einfach so in unsere Welt geschafft, ohne selbst eine von uns zu sein. Wir kennen dich nicht und woher sollen wir wissen, dass du keine Gefahr für uns bist«, erwiderte sie, aber Lyra ließ sich das nicht gefallen.

»Ich wollte lediglich ein paar Antworten! Hätte ich euch schaden wollen, hätte ich das auch ohne Probleme tun können«, empörte sie sich weiter.

»Lyra, bitte! Wir haben keine Zeit zu diskutieren! Wir müssen hier weg, bevor Aleksi uns bemerkt«, drängelte Myrkvi und sah seine Verlobte eindringlich an.

»Zu spät.«

Lyra und Myrkvi wirbelten herum und sahen Aleksi in der Tür stehen, er grinste ziemlich selbstsicher, was Lyra absolut nicht gefiel. Irgendwas stimmte da doch nicht.

»Ich habe euch jemanden mitgebracht. Meine zukünftige Braut«, fuhr der Lichtalb fort und Amia erschien neben ihm.

*Eine Stunde zuvor*

Amia landete recht weich, Armas hielt sie schützend in ihren Armen. Als sie sich ihre Umgebung genauer ansah, setzte sie den Kater ab und blickte sich staunend um. Es war wunderschön hier! Ganz anders als in Myrkvis Reich. Sie stand auf einer saftig grünen Wiese, in einem Meer aus Blumen. Nicht weit von ihr entfernt war ein Wald und dahinter konnte sie ein prächtiges Schloss erblicken, in strahlendem Weiß und mit einem silbernen Schimmer. An diesem Ort musste Lyra sein. Aber wo war Myrkvi? Er war nur kurz vor ihr durch das Portal gekommen und die Wiese war so groß, er konnte unmöglich schon im Wald sein. Aber alles was sie sehen konnte, war ein Rabe, der gerade über den Wald flog und ein majestätischer Hirsch am Waldrand, der erst den Raben zu beobachten schien und dann sie anstarrte. Das war wirklich seltsam.

»Na komm. Wir müssen Lyra finden, damit wir wieder nach Hause reisen können«, sagte Amia lächelnd zu Armas und ging instinktiv in Richtung des Schlosses. Irgendwie würden sie schon dort ankommen und ihre Schwester finden.

Mühsam arbeitete sich Amia durch den dichten Wald, es war wirklich ungewöhnlich, wie verwachsen hier alles war. Der Hirsch war verschwunden, sobald sie sich dem Wald genähert hatte, doch hin und wieder glaubte sie, ihn kurz zu sehen. Aber Amia hatte keine Zeit, es war schon schwer genug, einen Weg durch den verwachsenen Wald zu finden und sich dabei nicht zu verlaufen. Glücklicherweise stand das Schloss auf einem Berg und sie konnte es selbst über den hohen Baumwipfeln noch sehen. Nach einer Weile kam sie an eine Stelle im Wald, an der es kein weiteres Durchkommen gab. Amia blieb stehen und seufzte auf. Ihr blieb nur eine Möglichkeit, um weiter zu kommen.

»Bitte! Lasst mich durch!«, sprach sie und schloss einen Moment ihre Augen, um sich zu konzentrieren. Hoffentlich funktionierte es. Amia hörte es knacken und rascheln. Als sie die Augen wieder öffnete, lag der Weg vor ihr vollkommen frei. Zufrieden lächelte sie und setzte ihren Weg fort. Gleich hinter ihr versperrte sich der Weg wieder.

»Na sieh mal einer an. Heute scheint mein Glückstag zu sein« Amia zuckte zusammen, als plötzlich ein Alb mit wunderschönen, goldenen Haaren vor ihr stand. Armas stellte sich sofort schützend vor Amia, machte einen Katzenbuckel und fauchte den Lichtalben an. Amia schluckte und sah zu dem Alb.

»Ich ... Ich bin Amia. Meine Schwester Lyra ist in eurem Land und ich bin hier, weil ich sie suche und sehr vermisse«, versuchte sie das Mitleid des Alben zu erregen. Dieser machte eine kurze Verbeugung vor ihr, ergriff ihre Hand und gab ihr einen Kuss auf den Handrücken.

»Darf ich mich vorstellen? Aleksi, König der Lichtalben. Ich beobachte dich, seit du hier angekommen bist. Deine Fähigkeiten sind wirklich erstaunlich«, sagte er und lächelte sie charmant an. Amia sah ihn mit großen Augen an. Der war ja richtig nett! Sie verstand nicht, was Myrkvi gegen die Lichtalben hatte.

»Deine Schwester Lyra ist in meinem Schloss. Ich brachte sie dort in Sicherheit. Sie ist dort zusammen mit meiner kleinen Nichte und wartet bereits auf dich, denn sie wusste, dass du herkommen würdest«, fuhr Aleksi fort und schaute sie unentwegt an. Amia fiel ein großer Stein vom Herzen. Ihrer Schwester ging es also wirklich gut.

»Bitte, ich möchte euch gewiss nichts Böses, ich möchte nur zu meiner Schwester«, bat sie den Alben. Er erschien gar nicht so böse, wie Myrkvi ihn beschrieben hatte. Außerdem verhielt er sich auch gar nicht so, schien sogar eher hilfsbereit zu sein.

»Ich kann dich gern zu deiner Schwester bringen. Allerdings hörte ich, dass sie mit Myrkvi verlobt ist. Die Dunkelalben sind von jeher unsere Feinde und ich kann deine Schwester unmöglich gehen lassen. Sie kennt jetzt unser Schloss und könnte wirklich gefährlich werden, wenn sie sich mit Myrkvi vereint«, sprach Aleksi ruhig und musterte Amia. Diese kaute ein wenig auf ihrer Unterlippe herum und sah den Lichtalben an. Was sollte sie nur tun?

»Lyra wird euch nie etwas tun! Warum sollte sie auch? Bitte, lasst sie frei, ich würde alles tun! Aber sie wird zugrunde gehen, wenn sie hier eingesperrt ist. Lyra gehört nicht an einen Ort gefesselt. Sie muss frei sein, wie das Feuer in ihr«, sagte sie schließlich und blickte Aleksi flehend an. Der Alb sah sie schweigend an, schien über etwas nachzudenken. Amia hoffte sehr, dass er Gnade zeigen würde. Natürlich konnte sie ihn verstehen, aber für ihre Schwester würde sie alles tun.

»Es gibt nur eine Möglichkeit sicher zu gehen, dass deine Schwester und ihr Zukünftiger uns nicht den Krieg erklären. Du musst meine Frau werden«, sagte er schließlich. »Ihr zwei scheint euch sehr nahe zu stehen, ihr würdet euch nie bekämpfen. Außerdem brauche ich eine fähige Frau an meiner Seite. Deine Fähigkeiten sprechen für sich, ich habe auch eine Gabe der Elemente. Mir gehorcht das Wasser. Wir würden also perfekt zusammen passen. Wasser und Erde, beides gehört zusammen« Amia wusste nicht, was sie dazu sagen sollte.

Sie sollte einfach diesen Lichtalben heiraten, ohne ihn zu kennen? Andererseits … Wenn sie nicht auf diesen Handel einging, würde ihre Schwester ewig hierbleiben müssen und irgendwann durchdrehen. Also nickte Amia.

»In Ordnung«, sagte sie leise und starrte zu Boden. Eine Verlobung hatte sie sich wirklich romantischer vorgestellt, aber man konnte eben nicht alles haben.

»Dann ist es also abgemacht. Lass uns gehen, deine Schwester wartet sicher schon auf dich. Sie sollte die Erste sein, die von unserer Verlobung erfährt.« Ein Rauschen in ihren Ohren sorgte dafür, dass sie kaum zuhörte. Resigniert hakte sie sich bei ihm unter, als er ihr seinen Armen anbot. Gemeinsam durchschritten sie den Wald und gelangten schließlich in den Palast. Dabei achtete sie keine Minute auf den Weg, zu sehr war sie mit ihren Gedanken beschäftigt.

»Lyra, bitte! Wir haben keine Zeit zu diskutieren! Wir müssen hier weg, bevor Aleksi uns bemerkt«, drang sie Myrkvis Stimme plötzlich zu ihr durch. Aleksi löste sich von Amia und stellte sich in die offene Tür.

»Zu spät«, sagte er und grinste selbstsicher.

»Ich habe euch jemanden mitgebracht. Meine zukünftige Braut«, fuhr der Lichtalb fort und Amia stellte sich mit gesenktem Kopf neben ihn.

## Kapitel 7

### Die Schwestern sind zusammen

Lyra konnte nicht glauben, was sie da hörte. Ihre Schwester sah auch nicht sonderlich glücklich aus.

»Amia! Egal, womit er dir gedroht hat, du musst ihn nicht heiraten«, sagte sie direkt und ging auf ihre Schwester zu, um diese in den Arm zu nehmen.

»Womit hast du sie bedroht?«, fragte Myrkvi wütend und sah Aleksi aggressiv an. Der Lichtalb blieb vollkommen gelassen und lehnte sich an den Türrahmen.

»Ich habe ihr mit gar nichts gedroht«, meinte er nur, aber weder Lyra, noch Myrkvi glaubten ihm.

»Es ist schon in Ordnung. Ich habe eingewilligt, seine Frau zu werden«, mischte sich Amia ein und schaute ihre Schwester an. Aber Lyra konnte das immer noch nicht so recht glauben und warf ihrer Schwester einen eindringlichen Blick zu.

»Amia, du kennst ihn doch gar nicht! Wie kannst du nur einwilligen, seine Frau zu werden«, versuchte sie, ihre Schwester zu Sinnen kommen zu lassen. Aber Amia stand nur schweigend da und sagte nichts weiter dazu.

Aleksi legte einen Arm um sie. »Seht es doch positiv: Eine Schwester für die Dunkelalben, eine Schwester für die Lichtalben. So ist der Frieden gewährleistet«, meinte er grinsend und sah zu Myrkvi, welcher wütend die Hände zu Fäusten ballte.

»Du hast kein Recht sie einfach so für dich zu beanspruchen! Amia, was hat er dir angeboten, damit du ihn heiratest? Du und deine Schwester, ihr steht beide unter dem Schutz der Dunkelalben, du hast also nichts vor diesem arroganten Kerl zu befürchten«, redete er auf die eingeschüchterte Amia ein, die einfach nicht nachgeben wollte. Sie wollte nicht zugeben, dass sie dies für Lyra auf sich nahm, denn ihre Schwester sollte keine Schuldgefühle haben.

Kaarina hatte die ganze Zeit dazu geschwiegen, sie konnte es auch nicht glauben, dass ihr Bruder vorhatte dieses Mädchen zu heiraten. Sie war nicht einmal eine Albin, sondern lediglich ein Mensch!

»Aleksi, das ist doch sicher ein Scherz, oder?«, fragte sie ihren Bruder, aber dieser schüttelte nur den Kopf. Er war sich absolut sicher, dass er das Richtige tat. Schließlich wollte er den Dunkelalben nicht die Gelegenheit geben, die Lichtalben besiegen zu können. Der Krieg zwischen den beiden Völkern dauerte schon so lange an, dass keiner von ihnen mehr wusste, warum sie einander überhaupt bekämpften. Doch Aleksi würde sicher nicht nachgeben und sich ergeben. Denn das würde nur von Schwäche zeugen und diese würde er als König niemals zeigen.

Amia wandte sich Aleksi zu. »Ich werde dich heiraten, aber bis dahin möchte ich bei meiner Schwester bleiben. Sie wird schließlich auch bald heiraten. Da möchte ich noch mit ihr zusammen sein, bevor wir so weit voneinander entfernt leben«, bat sie ihn. Aleksi dachte nach, dann nickte er.

»In Ordnung, du darfst mit deiner Schwester gehen, aber du musst dich daran halten und zurückkommen, sobald sie verheiratet ist! Hältst du dich an unsere Abmachung, werde ich es ebenso tun«, erwiderte er. Auch wenn Aleksi sie nur widerwillig gehen ließ, mit Druck würde er sie nur noch weiter von sich forttreiben. Ließ er sie aber mit ihrer Schwester zu den Dunkelalben, würde sie möglicherweise freiwillig und ohne Zwang zu ihm zurückkommen. Dann könnte sie sehen, dass er es durchaus gut mit ihr meinte und ihr nichts Böses wollte.

Amia und Aleksi gaben einander die Hände und Lyra schwor sich, dass sie diese Hochzeit verhindern würde. Schließlich wollte sie selbst ja auch gar nicht heiraten, das würde sie noch mit diesem Myrkvi klären müssen. Nun sah sie zunächst wütend zu dem König der Lichtalben.

»Ich weiß nicht, was für ein Spiel du hier spielst, aber ich werde es herausfinden und nicht zulassen, dass meine Schwester blind in ihr Unglück läuft!«, machte sie ihm klar, aber Aleksi zeigte keinerlei Reaktion. Er war sich seiner sicher, wenn Myrkvi das Feuermädchen bekam, würde er sich das Erdmädchen nehmen. Denn gewiss wollte der Dunkelalb das Mädchen nur, weil er mit ihr gegen die Lichtalben kämpfen und sicher auch gewinnen konnte. Doch wenn er ihre Schwester in seinem Reich hatte, würde es niemals zu einem Kampf kommen.

»Dann lasst uns gehen«, sagte Myrkvi und blickte die Mädchen an. Lyra gab Ylvi zum Abschied einen Kuss auf die Wange.

»Lass dich nicht von deinem doofen Onkel unterkriegen. Er ist nicht halb so toll, wie er glaubt«, meinte sie noch zu der Kleinen, die das Ganze gar nicht so lustig fand und fürchterlich zu weinen begann. Lyra brach es das Herz, aber sie konnten einfach nicht bleiben. Dieser Aleksi spielte ein falsches Spiel und da würde sie definitiv nicht mitmachen.

Gemeinsam verließen Amia, Lyra und Myrkvi das Schloss. Sie gingen durch den Wald zurück auf die Wiese, wo Myrkvi konzentriert die Hände hob und kurz darauf ein Portal erschien. Seitdem sie das Schloss verlassen hatten, hatte keiner von ihnen etwas gesagt, denn es war eine recht angespannte Situation.

»So, durch mit euch beiden und dann kannst du mir erklären, warum du mir gefolgt bist, anstatt zu warten, wie ich es dir sagte!«, sagte der Dunkelalb und sah Amia eindringlich an. Diese schluckte, nahm die Hand ihrer Schwester und schritt zusammen mit ihr und Myrkvi durch das Portal.

Auf der anderen Seite kamen sie durch die Schlosswand von Myrkvis Zuhause, wo Lyra ihre Schwester sofort fest in den Arm nahm.

»Was hast du nur getan? Warum bist du mitgekommen? Nun musst du diesen schrecklichen Alben heiraten! Das ist alles meine Schuld! Ich hätte nie alleine durch das Portal gehen dürfen, aber ich wollte so unbedingt Antworten haben! Wissen, warum Mutter und Vater sterben mussten! Aber sie konnten es mir auch nicht sagen«, schluchzte sie.

»Alles ist gut. Es ist nicht deine Schuld und ich heirate ihn vollkommen freiwillig«, versicherte Amia ihrer Schwester und drückte sie sanft. Auch wenn Lyra nun etwas ruhiger war, Amia wusste, sie würde sicher versuchen, die arrangierte Verlobung doch noch irgendwie zu lösen.

»Wo ist Armas? Oh nein, ist er nun dort gefangen? Zuletzt habe ich ihn im Wald gesehen, als Aleksi uns fand«, sagte sie entsetzt und sah Myrkvi an, aber wie immer blieb dieser gelassen, wenn es um den Kater ging. Amia hingegen machte sich fürchterliche Vorwürfe, dass sie sein Fehlen nicht schon früher bemerkt hatte.

»Mach dir keine Gedanken um den Kater. Ich sagte dir doch, dass Katzen immer die Portale benutzen können. Sobald der verfressene Kater mitbekommt, dass du hier bist, wird er sicher nicht mehr von deiner Seite weichen. Bestimmt hat er auf dem Rückweg eine Maus gesehen und wollte sie lieber jagen anstatt uns zu folgen«, meinte er ruhig, als der Kater auch schon aus der Wand gesprungen kam. »Na bitte, ich habe es dir doch gesagt«, fügte Myrkvi schmunzelnd hinzu, während Amia den Kater auf den Arm nahm und mit ihm kuschelte und schmuste.

»Mach das nicht noch einmal! Ich habe mir so große Sorgen gemacht«, rügte sie ihn, jedoch schmiegte Armas sich nur laut schnurrend an und ließ sich von ihr verwöhnen.

Als Lyra müde gähnte, war Myrkvi sofort an ihrer Seite. »Verzeih, Liebste, du bist schon lange unterwegs. Ich werde dir dein Zimmer zeigen, dann kannst du dich ausruhen«, sagte er und sah zu Amia. »Möchtest du dich auch ausruhen?«, fragte er sie, aber Amia schüttelte den Kopf.

»Nein, danke, ich bleibe hier und schaue mich noch ein wenig um. Ich konnte mich ja heute Morgen schon ausruhen und stärken«, antwortete sie ruhig. Lyra schaute erneut zu ihrer Schwester, ehe sie dann aber mit Myrkvi losging, während Amia mit Armas im Innenhof zurückblieb. Seufzend setzte sie sich unter einen der Bäume und begann über ihre Zukunft nachzudenken. Das alles gefiel ihr nicht, aber wenigstens hatte sie so ihre Schwester retten können. Für Amia war dies das Wichtigste. Armas sah Amia fragend an und maunzte kurz, aber das Mädchen schwieg, kraulte ihn lediglich und hing ihren Gedanken nach. Nach einer Weile begann sie ein paar Blumen auf der Rasenfläche des Innenhofes wachsen zu lassen, einfach weil sie etwas zu tun brauchte. Aber nach einiger Zeit kam Myrkvi wieder und setzte sich neben sie.

»Erzählst du mir jetzt, was wirklich passiert ist? Ich verspreche dir auch, dass ich es nicht Lyra erzählen werde. Aber wenn ich es nicht weiß, kann ich dir nicht helfen«, sagte er ruhig und Amia schaute ihn an.

»Warum möchtest du mir helfen? Es gibt keine Möglichkeit und nur wegen Lyra brauchst du das nicht tun«, erwiderte Amia, aber unerklärlicherweise hatte sie das Bedürfnis, sich jemandem anzuvertrauen. Also brach es einfach aus ihr raus.

»Er hat gedroht, Lyra nicht frei zu lassen! Er wollte sie nur gehen lassen, wenn ich verspreche, dass ich seine Frau werde! Also was hätte ich tun sollen? Lyra braucht die Freiheit, sie würde sterben, wenn man sie einsperrt! Das kann ich doch nicht zulassen!«, erzählte sie aufgeregt und ihr kamen die Tränen. Myrkvi fühlte sich ein wenig hilflos, nahm sie dann aber einfach in den Arm, um ihr wenigstes etwas Trost zu spenden.

»Wenn du Aleksi nicht heiraten möchtest, dann musst du das auch nicht. Ich werde mir schon etwas überlegen und dich aus diesem Handel rausholen. Schließlich möchte ich, dass Lyra glücklich ist und auch du sollst ein Leben nach deinen Wünschen haben«, versprach er ihr und streichelte ihr weiter über den Rücken.

Amia sah schniefend zu Myrkvi auf. Ihre Augen waren noch immer voller Tränen.

»Erzähle das bitte niemals Lyra! Sie darf nicht erfahren, dass ich das alles nur für sie getan habe. Sonst würde sie sich ewig Vorwürfe machen ... und versprich mir bitte, dass du immer gut auf sie aufpassen wirst! Auch wenn sie es nie zugeben würde, aber Lyra braucht jemanden an ihrer Seite, der ihr auch Kontra geben kann und der immer für sie da ist, wenn es ihr schlecht geht. Bisher war ich für sie da, aber nun ... werde ich ja bei den Lichtalben leben und muss ihr Wohlergehen in deine Hände geben«, sagte sie leise. Myrkvi sah auf das zarte Mädchen in seinen Armen und wischte ihm sanft die Tränen weg.

»Mach dir keine Gedanken wegen alldem. Ich hole dich aus diesem Handel heraus, koste es, was es wolle und nein, ich werde Lyra nichts erzählen. Um ihr Wohlergehen musst du dich auch nicht sorgen. Es wird ihr hier an nichts fehlen«, versprach er ihr und gab ihr einen Kuss auf die Stirn. Schniefend kuschelte sich Amia ein wenig enger an ihn, seine Nähe tat ihr in diesem Moment gut. Außerdem brauchte sie gerade dringend eine Schulter zum Anlehnen. Dann sah sie zu Armas, der sich auf ihrem Schoß zusammenrollte. Mit einem schwachen Lächeln streichelte sie über sein weiches Fell. Wenigstens würde er bei ihr bleiben, wenn sie schon ihre Schwester verlor. Hätte sie doch bloß auf Myrkvi gehört. Wäre sie nur hiergeblieben und hätte darauf vertraut, dass er ihre Schwester zurückbrachte. Dann wäre nun alles gut. Sie und Lyra wären vereint, ohne dass sie Aleksi heiraten musste.

»Na komm. Am besten gehst du dich auch ein wenig ausruhen. Es war ein langer und anstrengender Tag«, sagte Myrkvi schließlich und Amia nickte. Ja, das war wohl das Beste. Also ließ sie sich von ihm in ihr Zimmer bringen, wo sie sich direkt ins Bett legte und ins Kissen kuschelte. Armas rollte sich neben ihr zusammen und ließ sich von Amia streicheln. Es beruhigte sie, dem gleichmäßigen Schnurren zu lauschen. Zudem machte es sie schläfrig und so dauerte es auch gar nicht lange, bis Amia eingeschlafen war.

## Kapitel 8

### Die Schattenwesen

Am nächsten Tag standen Amia und Lyra zusammen mit Myrkvi am Tor des Palastes.

»Und ihr beide seid sicher, dass ihr das machen wollt?«, fragte Myrkvi erneut und sah die Mädchen an. Beide nickten.

»Wenn ich dich schon heiraten und hier bleiben muss, dann soll dieses Land wieder erblühen und nicht von irgendwelchen Schattenwesen bedroht werden«, antwortete Lyra. Sie hatte sich dazu entschieden, dass sie dem Handel nachkommen und Myrkvi heiraten wollte. Nur so war es ihr jederzeit möglich ihre Schwester zu besuchen. Denn egal was sie sagte, Amia bestand darauf, den König der Lichtalben zu heiraten. Sie weigerte sich aber, einen Grund zu nennen. Außerhalb des Totenfestes und des Frühlingsfestes würde es ihr nicht möglich sein die Menschenwelt zu reisen, denn die Portale in diese Welt waren zwischen diesen zwei ganz besonderen Festen geschlossen. Um Amia sehen zu können, mussten sie also beide bei den Alben bleiben. Dann konnte Myrkvi ihr jederzeit ein Portal erschaffen, sowie Aleksi eines für

Amia erschaffen konnte, denn sie und ihre Schwester verfügten ja nicht über die nötigen Kenntnisse.

»Gut, dann lasst uns gehen und bleibt immer in meiner Nähe! Wenn ich sage, lauft, dann lauft ihr«, ermahnte der Alb die Mädchen. Abermals nickten die zwei.

Lyra konnte es kaum erwarten den Palast zu verlassen und die Schattenwesen zu vernichten. Das war nun ihre Aufgabe. Amia hingegen sollte versuchen, das tote Land mit ihrer Gabe wiederzuerwecken. Sollte etwas schiefgehen, würde Myrkvi eingreifen und die Schwestern retten. Aber das war nur im äußersten Notfall möglich, denn nur Lyra konnte mit ihrem Elementarfeuer diese Wesen töten. Myrkvi und die anderen Alben waren höchstens imstande sie kurz außer Gefecht setzen. Dies war auch der Grund, warum bisher noch niemand etwas unternommen hatte. Doch nun war alles anders.

Gemeinsam schritten sie durch das Tor und Amia spürte direkt, wie sie die Trostlosigkeit überkam. Etwas ängstlich versteckte sie sich hinter Myrkvi, während Lyra direkt vorausging und nach den Schattenwesen Ausschau hielt.

»Wie sehen diese Wesen denn eigentlich aus? Woran kann ich sie erkennen?«, fragte Lyra und sah sich weiter um. Es war wirklich schwer, die Schattenwesen zu erkennen, denn alles hier war dunkel.

»Nun, es sind Schatten, wie ihr Name schon sagt. Sie haben keine feste Gestalt, es sind einfach nur unförmige Schatten, die sich bewegen und alles fressen, was lebt. Sie umhüllen jedes Leben mit ihrer Dunkelheit und lassen es sterben«, erklärte der Dunkelalb, während Amia etwas zu zittern begann. Es war dunkel und kalt, sie fühlte sich hier absolut nicht wohl, aber sie musste hier sein und ihrer Schwester helfen das Land aufzubauen.

Da noch keine Schattenwesen zu sehen waren, kniete sich Amia auf den kahlen Boden und legte eine Hand auf die Erde. Sie schloss die Augen, konzentrierte sich und spürte kurz darauf bereits weiches Gras und Blumen unter ihrer Hand. Als sie die Augen wieder öffnete, sah sie unter und um ihre Hand herum tatsächlich saftig grünes Gras und bunte Blumen. Aber es war nur sehr wenig, wenn man die riesige Fläche des Landes bedachte und die Arbeit, die noch bevorstand. Also versuchte sie es erneut neben dem kleinen Fleck und wieder ... es erschienen Gras und Blumen, allerdings nicht sehr viel.

»Da wird eine Menge Arbeit auf uns zukommen ... aber wenigstens wissen wir, dass wir etwas tun können«, sagte Lyra und Amia nickte. Ihr war jetzt irgendwie noch kälter und sie fühlte sich auch ein wenig müde. Dabei hatte sie kaum etwas getan. Aber vielleicht lag es auch daran, dass diesem Land jedes Leben fehlte und sie viel Kraft aufwenden musste.

»Du siehst blass aus. Wir sollten zurückgehen, damit du dich hinlegen kannst«, meinte Myrkvi besorgt, aber Amia schüttelte den Kopf.

»Es ist viel Arbeit und je mehr wir warten, desto länger wird der Aufbau des Landes dauern. Also machen wir es jetzt«, erwiderte Amia. Lyra und Myrkvi wirkten nicht überzeugt, nickten aber und dann gingen sie ein wenig weiter, um die Schattenwesen zu suchen.

Es dauerte auch nicht lange, da fanden sie eines. Es versteckte sich bei einer Gruppe abgestorbener Bäume zwischen einigen Felsen. Wie Myrkvi gesagt hatte, war es nichts weiter als ein Schatten. Hätte dieser sich nicht bewegt, hätten Lyra und Amia ihn gar nicht bemerkt. Mutig trat Lyra einen Schritt vor, während Amia sich an Myrkvi klammerte. Hoffentlich ging das gut!

Das Schattenwesen kam nun auf sie zu, Lyra hob die Hand und warf einen Feuerball auf das Wesen. Ein seltsamer Laut, der an einen Schrei erinnerte, war zu hören, aber das Schattenwesen war noch nicht besiegt. Nein, es kamen sogar noch weitere dazu!

»Lyra«, sagte Myrkvi, legte seine Arme schützend um Amia und wich mit ihr zurück, damit Lyra ihrem Feuer freien Lauf lassen konnte, was sie auch tat. Einen Feuerball nach dem anderen warf sie auf die Schattenwesen, die alle diesen schrillen Schrei ausstießen. Erst als Lyra ihre ganze Kraft zusammennahm und einen regelrechten Feuerwirbel heraufbeschwor, gingen die Schattenwesen in Flammen auf, bis nichts weiter als Staub übrig blieb. Selbst von den Felsen und Bäumen war nichts weiter als ein Haufen Asche zu sehen.

Mit einer Handbewegung ließ Myrkvi einen kleinen Wind aufkommen, der die Asche davon wehte.

»Das reicht jetzt, wir gehen zurück und machen morgen weiter«, bestimmte er, da Lyra auf die Knie gegangen war. Dieser Kampf war sehr anstrengend gewesen, denn die Schattenwesen waren wirklich schwer zu besiegen.

Keines der beiden Mädchen widersprach ihm. Behutsam nahm Myrkvi Lyra auf die Arme und trug sie zurück zum Palast, während Amia sich immer dicht hinter ihm hielt.

Sobald sie angekommen waren, marschierte Myrkvi schnurstracks zu Lyras Zimmer und legte seine Verlobte auf ihr Bett. Amia begleitete ihn, setzte sich zu ihrer Schwester und nahm ihre Hand.

»Ich glaube, dass du deine Kräfte erst ein wenig trainieren musst. Du hast sie schließlich nie richtig verwendet und nun ... einmal eingesetzt und du brichst direkt zusammen. Bitte versprich mir, dass du es nicht übertreibst«, bat Amia und sah Lyra flehend an. Diese lächelte nur.

»Mach dir keine Sorgen. Ich komme schon zurecht und so anstrengend war es gar nicht«, versuchte sie, ihre Schwester zu beruhigen. Amia konnte Lyra aber ganz genau ansehen, wie anstrengend dieser kleine Kampf eben gewesen war. Jedoch sagte sie erstmal nichts mehr dazu, sondern gab Lyra lediglich einen Kuss auf die Stirn und ging anschließend in ihr eigenes Zimmer.

Myrkvi setzte sich zu Lyra auf die Bettkante, während er sie besorgt ansah.

»Das war zu viel, verzeih, Liebste«, sagte er ruhig und strich ihr über die Wange. Lyra aber schüttelte den Kopf.

»Nein, es geht schon. Ich fühle mich jetzt nur total müde und würde gern ein wenig schlafen. Du und Amia solltet euch nicht so viele Sorgen machen«, murmelte sie müde, gähnte und war auch schon eingeschlafen.

So ging es die folgenden Tage weiter, zwei Wochen lang. Direkt nach dem Frühstück brachen die drei auf. So zog Myrkvi mit Lyra los, sie vernichtete einige Schattenwesen mit ihrem Feuer und dann mussten sie auch schon zurückgehen, weil Lyra die Kräfte verließen. Myrkvi konnte dabei nichts weiter tun, als ihr den Rücken frei zu halten, da er mit seiner eigenen Gabe kaum etwas gegen die bösartigen Wesen ausrichten konnte. Mit jedem Tag wurde Lyra ein wenig stärker. Sie bekam ihre Kräfte in den Griff und hielt den Schattenwesen länger stand. Auch Amias Kräfte wuchsen, rund um die Burg blühten bereits wieder Blumen und ebenso wuchsen Bäume und Gras. Aber auch sie konnte kaum etwas ausrichten - wenn es auch mehr war, als es Lyra tun konnte. Es würde noch einige Zeit dauern, bis sie wirklich das ganze Land zum Erblühen bringen konnte.

Aber das war nicht alles, was in den zwei Wochen passierte. Aleksi schien Amia von sich überzeugen zu wollen, jeden Tag fand man Geschenke für sie vor dem

Portal, wie Blumen und wunderbare Köstlichkeiten. Auch für Lyra wurde immer etwas gefunden, kleine Geschenke von Ylvi. Offenbar hatte das kleine Mädchen Lyra wirklich liebgewonnen.

Heute war Neumond, der letzte Tag, an dem das Portal zur Menschenwelt offen stand.

»Amia, bist du wirklich sicher, dass du bleiben willst? Du könntest zurück in die Menschenwelt und ich würde das Portal versiegeln, damit Aleksi nicht mehr zu dir kann. Dann könntest du dein Leben so führen, wie du es möchtest«, sagte Myrkvi, als sie zu zweit vor dem Portal standen. Lyra war in ihrem Zimmer und ruhte sich aus.

»Nein, ich bin mir sicher. Auch wenn ich ihn nicht heiraten müsste ... Es würde auch bedeuten, dass ich Lyra verliere. Das könnte ich nicht ertragen. Lieber heirate ich einen Mann, den ich kaum kenne, als dass ich meine Schwester niemals wiedersehen würde. Außerdem scheint Aleksi nicht so übel zu sein, wie anfangs gedacht. Er gibt sich immerhin große Mühe mich zu umwerben. Was man von dir und Lyra ja nicht gerade behaupten kann«, antwortete sie und schmunzelte leicht bei den letzten Worten, ehe sie ihm in die Seite stupste. Myrkvi grinste verlegen.

»Ach, ich kann sowas nicht sonderlich gut. Außerdem sind Lyra und ich schon verlobt, also warum sollte ich sie noch umwerben?«, fragte er und Amia rollte mit den Augen. So eine Frage konnte wirklich nur ein Mann stellen.

»Lyra ist vielleicht wilder und feuriger, aber sie ist auch immer noch eine Frau und wünscht sich ein wenig Aufmerksamkeit von ihrem Zukünftigen. Würde ich nicht Aleksi heiraten, dann käme es für sie gar nicht infrage, dich zu heiraten. Du solltest dir also ein wenig Mühe geben um sie kennenzulernen und ihr zeigen, dass du sie wirklich möchtest, nicht nur wegen des Handels«, machte sie dem Alb klar. Sie wollte ihre Schwester glücklich sehen, also sollte Lyra auch einen Mann bekommen, der sich um sie bemühte.

»Also komm, wir fangen sofort an. Lyra wird bestimmt noch ein paar Stunden schlafen, erst dann können wir wieder losziehen und weiter die Schattenwesen bekämpfen. Ist dir übrigens aufgefallen, dass sie schon wesentlich weniger geworden sind? Du könntest Lyra durchaus loben und ihr sagen, wie wunderbar sie das hinbekommt«, schlug Amia vor und ging mit ihm in die Burg. Dort setzten sie sich zusammen auf die Sessel in ihrem Zimmer und Amia nahm sich direkt wieder einen Granatapfel. Diese süßen Dinger hatten es ihr wirklich angetan. Myrkvi hatte ihr gesagt, dass diese Früchte in der Menschenwelt wuchsen, aber weit weg von ihrer Heimat.

Myrkvi setzte sich ihr gegenüber und beobachtete, wie Amia genüsslich die Frucht aß. Währenddessen darauf wartete er darauf, dass sie im erklärte, warum er Lyra umwerben sollte. Er war ziemlich optimistisch, dass er und Lyra das auch ohne all diese Dinge hinbekamen. Schließlich hatte er so etwas auch gar nicht nötig. Er besaß einen guten Charakter und wollte Lyra nicht mit Geschenken bestechen, so wie Aleksi es mit Amia machte. Aber er musste zugeben, dass diese Masche zu funktionieren schien. Lyra freute sich schließlich auch jedes Mal, wenn sie ein Geschenk von diesem Baby bekam. Dabei waren das nicht einmal großartige Geschenke, sondern meist nur Spielzeug oder irgendwelche ausgerupften Blümchen.

»Also, wie ich schon sagte, möchte auch Lyra umworben werden. Pass auf, was sie dir erzählt. Höre zu, achte darauf, was sie gerne mag und mach ihr Geschenke. Du musst ihr nichts Großes schenken, aber der Gedanke zählt. Damit kann sie sehen, dass du dir wirklich Mühe gibst und sie nicht als selbstverständlich ansiehst, nur, weil ihr wegen des Handels verlobt seid«, sagte Amia und Myrkvi schenkte ihr seine volle Aufmerksamkeit.

»Na schön. Ich möchte natürlich auch, dass Lyra sich hier wohl fühlt und gerne hier ist. Ich hatte ja immer gedacht, dass ihr beide hier leben werdet, aber da hat Aleksi uns nun allen einen Strich durch die Rechnung gemacht. Erzählst du mir dann ein wenig über deine Schwester? Niemand kennt sie besser als du«, bat Myrkvi seine zukünftige Schwägerin, welche nickte. Natürlich wollte sie ihm helfen.

»Wie du sicher schon bemerkt hast, hasst Lyra es, den ganzen Tag nichts zu tun. Sie hat immer davon geträumt, die Welt zu erkunden und alles zu erforschen. Ihre Neugierde ist nahezu unstillbar. Schon als kleines Kind ist sie immer durch den Wald gestreift und hat alles erforscht. Lyra findet andere Länder und Kulturen sehr spannend. Dass ihr hier schon etwas aus anderen Ländern zu essen habt, das fand sie schon richtig toll. Vielleicht gibt es da auch noch andere Dinge, die du ihr zeigen kannst. Bei der nächsten Portalöffnung könntet ihr vielleicht sogar in diese Länder reisen«, erzählte Amia. Offenbar schien Lyra endlich die Möglichkeit zu haben, mehr zu erleben, als nur das Leben Zuhause.

Myrkvi nickte immer wieder. In den zwei Wochen, die die Schwestern inzwischen hier waren, war ihm schon einiges an Lyra aufgefallen. Sie und Amia waren sich gar nicht so unähnlich. Zwar war Lyra wesentlich feuriger als Amia, aber beide strebten Frieden an, waren wissbegierig und lernten gern und viel. Außerdem waren beide richtige Naschkätzchen und ganz angetan von dem Kakao, den sie von den Indianern in dieses Reich geholt hatten.

Gerade als Amia noch etwas sagen wollte, klopfte es an der Tür.

»Ja?«, sagte sie und wartete ab. Die Tür öffnete sich und Varg kam herein.

»Bitte verzeiht die Störung. König Aleksi kam soeben durch das Portal und verlangt, seine Braut zu sehen«, erklärte der Alb und Myrkvi sprang auf.

»Was fällt ihm ein? Er hat kein Recht darauf, einfach ohne jede Ankündigung hierher zu kommen!«, regte er sich auf. Amia erhob sich und legte beruhigend eine Hand auf seine Schulter.

»Beruhige dich bitte! Ich werde zu ihm gehen und ihn fragen, was er hier möchte«, sagte sie ruhig, ehe sie sich der Tür zuwandte und ging. Vielleicht war ja irgendwas vorgefallen. Wobei sich Amia allerdings nicht vorstellen konnte, was geschehen sein könnte, bei dem er sie miteinbeziehen wollte. Oder hatte er einfach keine Geduld mehr und wollte sie direkt heiraten?

Myrkvi und Varg folgten ihr durch die langen Gänge, bis sie schließlich wieder vor dem Portal standen. Ragn, Myrkvis Vater, war ebenfalls dort und schien gerade einen heftigen Streit mit Aleksi zu führen. Beide verstummten, sobald sie Amia bemerkten.

Mit einem charmanten Lächeln verbeugte sich Aleksi vor Amia, ehe er ihre Hand ergriff und ihr einen Kuss auf den Handrücken gab.

»Meine liebste Amia! Verzeih diese Umstände, doch man weigerte sich, mich zu dir durch zu lassen«, sagte er dann und warf Ragn einen wütenden Blick zu.

»Was führt dich denn her? Ist irgendetwas passiert?«, fragte Amia und sah ihren Verlobten fragend an. Noch immer mochte sie ihn nicht sonderlich, aber wenigstens bemühte er sich um sie und schien auch zu wissen, wie man sich ordentlich benahm.

»Ich habe meine Verlobte vermisst. Ist das denn nicht Grund genug, hier her zu kommen und den Ärger auf mich zu nehmen?«, erwiderte der Lichtalb, während Amia dahinschmolz. Myrkvi hingegen verschränkte die Arme vor der Brust und sah seinen Gegner wütend an. Es gefiel ihm nicht, wie Aleksi sich verhielt. Immerhin hatte er Amia regelrecht dazu gezwungen ihn zu heiraten. Aber jetzt? Jetzt tat er so, als wäre er bis über beide Ohren in sie verliebt.

»Was willst du wirklich hier?«, verlangte der Dunkelalb zu wissen. Auch sein Vater und sein bester Freund schienen Aleksi nicht zu glauben. Sie alle standen hinter Amia und beobachteten jede noch so kleine Bewegung des Lichtalbs.

Aleksi sah zu Myrkvi und sein Blick wurde kälter. »Ich wollte mich vergewissern, dass du meine Verlobte hier nicht festhältst. Wolltest du nicht ihre Schwester heiraten? Es sieht nicht so aus, als würde bald eine Hochzeit stattfinden«, sagte Aleksi und es wirkte fast so, als würden die beiden Männer gleich aufeinander losgehen. Doch Amia ging dazwischen, niemand sollte hier streiten.

»Vor der Hochzeit versuchen wir, das Reich der Dunkelalben wieder ins Licht zu bringen. Lyra kämpft jeden Tag gegen die Schattenwesen und ich gebe dem Land seine Fruchtbarkeit zurück. Sobald das erledigt ist, werden die beiden heiraten und dann werde auch ich dich heiraten«, versuchte sie ihm, zu erklären. »Es dauert nur alles sehr lange, denn dem Land fehlt das Leben«, fuhr sie fort, ehe ihr eine Idee kam. »Warum hilfst du uns nicht? Du beherrschst die Magie des Wassers. Ohne Wasser kein Leben. Du könntest Seen und Flüsse entstehen lassen. Die Wolken dazu bringen, dass es regnet. Dann würde das Land sehr viel schneller erblühen und es wäre einfacher, die Schattenwesen zu vernichten« Aleksi hörte sich das alles an, schien aber nicht helfen zu wollen. Stattdessen wandte er sich von Myrkvi ab und richtete seine Aufmerksamkeit auf Amia, deren Hände er ergriff.

»Ich kann und werde hier nicht helfen. Seit jeher sind wir Feinde und die Dunkelalben haben es selbst zu verschulden, dass sie so leben müssen. Offensichtlich hat dieser Dunkelalb euch nur so viel erzählt, um euch hier zu halten! Dabei sind sie selbst schuld an dem Fluch.« Amia war sprachlos und sah Myrkvi abwartend an, was er dazu sagen würde.

# Kapitel 9

## Lyra muss trainieren

»Was ist denn hier los? Was will der Lichtalb hier?« Amia drehte sich um und erblickte Lyra, die gerade über den Innenhof zu ihnen kam. Sie sah noch sehr müde und erschöpft aus, aber das war inzwischen nach den ganzen Strapazen mit den Schattenwesen normal geworden. »Aleksi wollte unbedingt deine Schwester sehen. Mach dir keine Sorgen, Liebste. Du solltest dich lieber noch ein wenig ausruhen«, antwortete Myrkvi und trat auf sie zu, aber Amia ließ nicht zu, dass das Thema gewechselt wurde.

»Was für einen Fluch meint Aleksi? Lenk nicht ab, Lyra kann das auch ruhig hören! Oder willst du etwa noch mehr Geheimnisse vor ihr haben?«, fragte sie geradeheraus und Lyra hob eine Augenbraue, ehe sie Myrkvi nun ebenfalls fragend ansah.

»Ich schlage vor, dass wir hineingehen und das dort klären«, gab Myrkvi schließlich nach. Aber als Aleksi in

Richtung der Burg gehen wollte, blickte Myrkvi ihn gereizt an.

»Wo willst du denn hin? Geh zurück in dein Reich, du hast bei uns nichts verloren«, fuhr er ihn an, aber Aleksi verschränkte die Arme vor der Brust.

»Warum? Damit du den Mädchen eine falsche Version erzählst? Nein, ich werde bleiben«, erwiderte der Lichtalb und man konnte beiden ansehen, dass keiner der zwei nachgeben würde.

»Wir können uns doch auch hier in den Innenhof setzen. Dann muss Aleksi nicht gehen, kommt aber auch nicht in den Palast«, schlug Amia vor. Das schien ein Kompromiss zu sein. Also gingen alle zu dem Brunnen in der Mitte des Innenhofes und setzten sich an den Rand. Nur Varg blieb stehen, da er Aleksi genau im Auge behalten wollte. Myrkvi setzte sich so, dass Aleksi zu seiner Linken saß, Amia und Lyra zu seiner Rechten und auf der anderen Seite der Mädchen saß sein Vater. Als er bemerkte, dass die Mädchen ihn abwartend anblickten, räusperte er sich kurz und dachte nach, wie er am besten anfangen sollte.

»Also ... es gibt Geschichten und Legenden darüber, warum wir Alben zwei Völker sind, warum unsere Königreiche so unterschiedlich sind«, begann er schließlich und Lyra nickte, während Amia wartete, dass er weiter erzählte. Also holte Myrkvi tief Luft und sprach weiter.

»Laut einer der Legenden lebten Lichtalben und Dunkelalben einst gemeinsam, Seite an Seite in einer Welt. Die Trennung von Licht und Dunkel gab es damals noch nicht, es gab nur die Alben. Aber irgendwann entwickelten sie unterschiedliche Wünsche an ihr Leben. Die einen wollten einfach nur weiter vor sich hinleben, sich ein perfektes Leben aufbauen. Die anderen hingegen wollten ihr Wissen erweitern, setzten sich für den

Fortschritt ihrer Art ein. Wie ihr euch denken könnt, ging das nicht lange gut und es kam schon bald zu Unruhen. Irgendwann wurde es so schlimm, dass die Götter eingriffen und uns verfluchten. Sie trennten die Alben und erschufen so die Licht- und Dunkelalben. Aber nicht nur das. Jede unserer Vorlieben wurde zum Fluch, sowie der Perfektionismus der Lichtalben und der Wissensdurst der Dunkelalben. Euch ist sicher nicht entgangen, wie perfekt alles in Aleksis Reich ist«, erzählte er und Lyra nickte nachdenklich. Ja, das war ihr tatsächlich aufgefallen, selbst bei der kleinen Ylvi. Alles im Lichtalbenreich war wunderschön und perfekt. Selbst das Wetter, die Natur, die Häuser ... Ihr war wirklich nichts aufgefallen, das anders war, oder ein wenig aus der Art schlug. Wenn sie so darüber nachdachte, fand sie diesen Perfektionismus ziemlich langweilig.

Aleksi sah die Mädchen nun an und erzählte weiter. »Genau. Die Dunkelalben wurden dazu verdammt in einer dunklen und trostlosen Welt zu leben. Sie konnten sich nicht mit dem zufriedengeben, was sie hatten. Also wurden sie an diesen Ort verbannt und hier haben sie nichts weiter als zahlreiche Bücher für ihre Studien und einen Spiegel, mit dem sie in andere Welten sehen können. Aber sie können die Burg nicht verlassen. Warum also sollte ich jenen helfen, die Schuld an dem Fluch sind?«, fragte er und nun wurde Myrkvi wieder wütend.

»Das ist nur eine Legende! Niemand kann sagen, ob das wirklich wahr ist oder nur erfunden! Warum sollten wir daran schuld sein, wenn diese Legende wirklich der Wahrheit entspricht? Genauso gut könnte es auch wegen euch passiert sein! Weil ihr einfach zu faul gewesen seid, als lieber ein wenig in die Zukunft zu blicken und zu versuchen, das Leben zu verbessern«, fauchte er den Lichtalben an. Bevor sich die beiden angreifen konnten, ging Lyra dazwischen.

»Hört auf damit! Es ist nur eine Legende! Wegen so einem Unsinn haltet ihr Krieg? Das ist doch lächerlich«, regte sie sich auf und sah die beiden Männer wütend an. Aber dann verließen sie ihre Kräfte wieder und sie geriet ins Wanken.

»Lyra« Amia sprang auf, ebenso wie Myrkvi, der seine Verlobte auffing.

»Schon gut. Es geht mir gut«, versicherte Lyra den beiden, aber man konnte ihr deutlich ansehen, wie sehr die letzten zwei Wochen an ihren Kräften gezehrt hatten.

»Ich bringe sie in ihr Zimmer, dort kann sie sich ausruhen.« Behutsam nahm Myrkvi seine Braut auf die Arme und brachte sie ins Schloss. Ragn folgte den beiden, denn auch er sorgte sich um die Gesundheit seiner künftigen Schwiegertochter. Amia blieb noch kurz und blickte Aleksi entschuldigend an.

»Wir reden ein anderes Mal weiter. Meine Schwester braucht mich jetzt mehr als du«, sagte sie nur, ehe sie Myrkvi und seinem Vater nacheilte. Aleksi gefiel das nicht, doch er konnte nichts dagegen unternehmen. Schließlich wollte er Amia nicht von sich forttreiben. Also drehte er sich um, schritt durch das Portal hindurch und kehrte in sein eigenes Reich zurück.

Amia eilte Myrkvi und seinem Vater hinterher. Lyra war inzwischen ganz blass und hatte vor lauter Erschöpfung die Augen geschlossen. Myrkvis Blick war voller Sorge und Amia legte tröstend eine Hand auf seine Schulter. Er sollte sich keine Sorgen machen denn Lyra würde sicher bald wieder fit sein, schließlich loderte das Feuer in ihr. Sie brauchte einfach nur ein paar Tage Ruhe, keine Kämpfe gegen die Schattenwesen.

Sobald sie in Lyras Zimmer angekommen waren, legte Myrkvi seine Verlobte vorsichtig auf das Bett, während Amia ihr etwas zu essen und zu trinken hinstellte.

»Schlaf ein wenig. Wenn du wach bist, bleib noch etwas liegen und iss erst ordentlich«, wies sie ihre Schwester an. Lyra nickte und schloss müde ihre Augen, ehe sie einschlief.

Myrkvi erhob sich, verließ recht eilig das Zimmer und schloss die Tür hinter sich. Fragend blickte Amia ihm nach, sah dann Ragn an, der auf der anderen Seite des Bettes saß.

»Bitte pass auf meine Schwester auf. Sie wird nicht auf mich hören«, bat sie den Albenkönig, ehe sie Myrkvi folgte, nachdem Ragn zugestimmt hatte. Irgendetwas stimmte nicht und sie würde schon noch herausfinden, was das war.

Als sie auf den Gang hinaus schritt, sah sie Myrkvi gerade um eine Ecke biegen, wobei er über Armas stolperte, welcher den Prinzen daraufhin beleidigt ansah. Mit schnellen Schritten eilte Amia Myrkvi nach.

Leider war Myrkvi schneller als sie in diesem langen Kleid, doch irgendwann wurde er endlich langsamer, setzte sich auf die Brüstung zum Innenhof der Burg und vergrub sein Gesicht in den Händen. Vorsichtig trat Amia näher, da sie ihm nun nicht zu nahe treten wollte. Aber sie sorgte sich um ihn, denn schließlich gehörte er durch Lyra nun zur Familie und um seine Familie musste man sich kümmern. Das hatten zumindest ihre Eltern immerzu gesagt.

Um Myrkvi nicht allzu sehr zu erschrecken, legte sie zunächst eine Hand auf seine Schulter. Sofort sah der Prinz auf und Amia konnte den Kummer in seinen Augen erkennen.

»Was bekümmert dich? Lyras Schwächeanfall?«, fragte Amia und wartete ab, ob er mit ihr reden oder sie fortschicken würde.

Mit einem lauten Seufzer fuhr sich Myrkvi mit der Hand durch sein Haar, ehe er wieder Amia ansah.

»Sie ist meine Verlobte und ich sollte mich besser um sie kümmern. Stattdessen fordere ich jeden Tag von ihr, dass sie gegen die Schattenwesen kämpft, ohne Rücksicht auf ihre Energiereserven zu nehmen«, jammerte er und sah hinüber zum Brunnen, wo sich zwei Frauen unterhielten.

»Ich bin ein schlechter Verlobter! Sie hatte von Anfang an recht, mich fortzustoßen. Sie verdient einen Besseren«, klagte er weiter, woraufhin Amia ihn schließlich tröstend in den Arm nahm. Sie hasste es, wenn andere litten.

»Du bist kein schlechter Verlobter«, versuchte sie, ihn zu beruhigen. »Du und Lyra ... ihr seid euch sehr ähnlich. Ihr beide seid recht impulsiv und zwei Wildfänge, die immer nur das Maximale fordern. Das ist nicht unbedingt negativ, doch Lyra hat vergessen, dass ihr Feuer sie viel Kraft kostet.«

»Du bist auch jeden Tag draußen, machst die Erde fruchtbar und lässt alles erblühen. Aber du bist nicht halb so geschwächt wie deine Schwester«, erwiderte Myrkvi unruhig. Er machte sich wirklich große Sorgen um Lyra.

»Das ist nur so, weil ich schon als kleines Kind Blumen wachsen ließ. Schon immer habe ich meine Gabe für solche Zwecke eingesetzt. Lyra hat hingegen mit ihrem Feuer höchstens ein Lagerfeuer entfacht. Ihr Körper ist es nicht gewöhnt, die Magie so häufig einzusetzen, geschweige denn mit ihr zu kämpfen«, erklärte Amia ihm weiter. Es war eine Tatsache, dass Lyra ihre Fähigkeiten sonst nie wirklich verwendet hatte.

Irgendwie tat es ihr leid, dass Myrkvi diese Sache so mitnahm, verstehen konnte sie es aber. Immerhin gefiel es auch ihr nicht, dass ihre Schwester immer häufiger unter Schwächeanfällen litt.

»Ich habe eine Idee, wie wir das Ganze angehen könnten. Aber ... es wird dir nicht gefallen«, sagte sie schließlich und löste sich wieder von ihrem zukünftigen Schwager. Schweigend sah sie ihn an und konnte noch immer die Verzweiflung in seinen Augen erkennen.

»Ich würde alles tun, damit es Lyra wieder besser geht. Ich möchte nicht, dass sie ständig leiden muss«, antwortete der Prinz, ehe sich die Verzweiflung in seinem Blick in Entschlossenheit verwandelte. Amia atmete tief durch und schaute abermals in die dunklen Augen von Myrkvi.

»Aleksi könnte helfen. Wenn ich ihn darum bitte, wird er es sicher tun. Aber er muss freies Geleit in dein Reich bekommen. Bitte. Er könnte ihr helfen, mit ihrer Gabe umzugehen«, erklärte sie ihm und Myrkvi sah sie fassungslos an.

»Was? Nein! Niemals! Ich will ihn nicht hier haben und das weißt du auch! Ich kann Lyra ebenfalls helfen mit dem Feuer zurechtzukommen! Wir beide können unsere Elementarkräfte schließlich auch kontrollieren!«, regte er sich auf, doch Amia schüttelte nur den Kopf.

»Wir zwei sind dafür nicht geeignet. Du und ich, wir lieben Lyra viel zu sehr und könnten sie niemals wirklich fordern und dazu bringen alles aus sich heraus zu holen. Aleksi hingegen hat keine emotionale Verbindung zu ihr. Er wird sie trainieren können und ihr ganz klar sagen, was sie zu tun hat. Lyra wird das nicht gefallen, aber wird sicher darauf eingehen, um dir zu helfen.« Abwartend blickte Amia den Dunkelalben an, konnte ihm genau ansehen, wie er über ihre Worte nachdachte.

»Und vielleicht hast du ja auch Glück und Lyra setzt Aleksi in Flammen und verbrennt ihn zu einem Häuflein Asche«, versuchte sie, ihn weiter zu locken.

Irgendwann nickte Myrkvi. Der Gedanke, dass Lyra den arroganten Lichtalben verbrennen könnte, gefiel ihm irgendwie.

»Na gut. Aber Aleksi darf nur zu fest besprochenen Zeiten hierher. Ich möchte nicht, dass er einfach rein- und rausspaziert wie es ihm gerade passt und mein Vater würde das ganz sicher nicht erlauben«, gab er nach und Amia lächelte ihn zufrieden an, ehe sie ihm noch einen Kuss auf die Wange gab.

»Lyra wird sicher dabei sein und dann kann sie dir helfen, dein Land zurückzuerobern und die Schattenwesen endgültig zu besiegen.« Myrkvi nickte ein wenig. Amia versank kurz in ihre Gedanken, dann sah sie wieder Myrkvi an.

»Was sind eigentlich Krafttiere? Lyra hat mir erzählt, dass du dich in einen Raben verwandeln kannst und du hättest das Krafttier genannt«, wollte sie dann wissen und legte fragend den Kopf schief. Myrkvi erwiderte den Blick und nickte.

»Jeder von uns Alben hat eines. Es sind Tiere, die soetwas Ähnliches wie unsere Seelenverwandten sind. Welches zu einem gehört, entscheidet sich erst, wenn der Alb sein 21. Lebensjahr vollendet hat. Denn dann hat sich die Persönlichkeit vollständig entwickelt und danach richtet sich das Tier. Mein Krafttier ist der Rabe. Aleksis ist der Hirsch, wobei ich aber finde, dass ein Pfau viel besser zu seiner arroganten Art passen würde«, erzählte er und musste ein wenig grinsen. »Nun, jedenfalls kann sich jeder Alb in die Gestalt seines Krafttieres verwandeln. Außerdem kann er diese Rasse jederzeit rufen und um Hilfe bitten, sie folgen ihm wie einem Anführer. Das Krafttier meiner Mutter war die Katze. Mein Vater erzählte mir, dass sie den kleinen Armas als winziges Kätzchen fand und aufzog, seither waren die zwei unzertrennlich. Aber dann starb meine Mutter und Armas blieb zurück. Er war mir immer ein treuer Gefährte, bis zu dem Tag, an dem Lyra und du geboren wurdet. Ich gab ihm den Auftrag auf deine Schwester, meine zukünftige

Braut, zu achten. Aber stur wie er ist, lässt er sich lieber von dir verwöhnen, als seinen Pflichten nachzukommen«, fuhr er fort und Amia musste lachen.

»Ja, er lässt sich wirklich gern verwöhnen« stimmte sie ihm zu und schaute in den Innenhof. Beide schwiegen nun eine Weile, aber irgendwann blickte Amia wieder zu Myrkvi.

»Mach dir wegen Lyra keine Sorgen. Ich rede mit ihr und Aleksi, dann wird das schon«, meinte sie zuversichtlich, ehe sie ihm ein letztes Lächeln schenkte und in ihr Zimmer ging.

**Kapitel 10**

**Überzeugung!**

Gleich am nächsten Tag kümmerte Amia sich darum, Lyra und Aleksi zu überzeugen, während Myrkvi mit seinem Vater alles besprechen wollte.

Direkt nach dem Aufstehen zog Amia sich eines der Kleider aus ihrem Schrank an und ging anschließend mit Armas zu ihrer Schwester. Ohne anzuklopfen betrat sie das Zimmer und fand Lyra, wie nicht anders erwartet, in ihrem Bett. Neben ihr auf dem Nachttisch stand bereits Frühstück, damit sie sich stärken konnte.

»Guten Morgen, Schwesterchen«, murmelte Lyra, die gerade wach wurde und sich aufsetzte.

»Guten Morgen«, erwiderte Amia und ließ sich mit einem Lächeln auf der Bettkante nieder.

»Was führt dich her? Ich kenne dich inzwischen gut genug, um dir ansehen zu können, wenn du etwas vorhast, was mir nicht gefällt«, sagte Lyra dann direkt, woraufhin

Amias Wangen rot anliefen. Ja, ihre Schwester kannte sie wirklich gut, aber sie waren auch Zwillinge, weshalb es sie nicht überraschte.

»Ich habe gestern mit Myrkvi gesprochen«, begann Amia und dachte nach, wie sie es ihrer Schwester am besten erklären sollte. »Also, wir haben uns überlegt, dass du trainieren solltest, um dein Feuer häufiger und effektiver einsetzen zu können. Wir dachten außerdem, dass Aleksi der geeignete Trainingspartner wäre, immerhin hat er ebenfalls besondere Fähigkeiten und als König muss er eine Menge können. Myrkvi wäre auch dazu in der Lage dich zu trainieren, aber du bedeutest ihm einfach zu viel, daher würde er nicht ernsthaft mit dir üben können, weil er Angst hätte, dich zu verletzen«, erklärte sie schließlich und wartete ein wenig nervös auf die Reaktion ihrer Schwester. Überraschenderweise war Lyra jedoch alles andere als bockig und reagierte eher kooperativ.

»Ja, ich habe auch schon an soetwas gedacht. Schließlich kann es so wie bisher nicht weitergehen, wir kommen kaum voran. Da wäre es doch besser, wenn wir noch ein wenig warten und dann ordentlich an der Sache arbeiten können. Dass Aleksi mich trainieren soll, finde ich zwar nicht so gut, aber ich muss dir recht geben. Myrkvi würde mich vermutlich mit Samthandschuhen anfassen, Aleksi hingegen nicht. Also wenn du deinen Verlobten dazu bringen kannst, dass er zustimmt, dann habe ich nichts dagegen«, antwortete sie. Erleichtert atmete Amia aus, bevor sie ihre Schwester umarmte.

»Danke, dass du dich nicht dagegen sträubst. Myrkvi und ich haben uns so schreckliche Sorgen um dich gemacht. Wir beide werden sehr viel beruhigter sein, wenn du deine Kräfte besser einsetzen kannst.« Amia löste die Umarmung wieder und schenkte ihrer Schwester ein Lächeln.

Bei Aleksi sollte es nicht so einfach ablaufen. Dies wusste Amia allerdings noch nicht, als sie vor dem Spiegel stand und sich ein schönes Kleid anzog. Sie dachte sich, dass es nicht schaden könnte, sich ein wenig hübsch zu machen und somit Aleksi zu überzeugen.

»Amia?«

Amia sah hinüber zur Tür und fragte sich, was Myrkvi von ihr wollte. Hatte er seinen Vater schon überzeugen können?

»Komm doch rein!«, antwortete sie und fuhr nochmal mit einem Kamm durch ihre langen braunen Haare. Myrkvi betrat den Raum und seufzte leise auf, ehe er sich auf einen der beiden Stühle setzte.

»Mein Vater war nicht sonderlich begeistert, aber ich konnte ihn schlussendlich überzeugen. Es ist schließlich auch für das Wohl unseres Volkes und des Landes, also hat er am Ende nachgegeben«, erzählte er und schien ein wenig erschöpft zu sein. Amia warf ihm einen kurzen Blick zu und nickte.

»Das ist gut. Lyra hatte nichts dagegen, nun werde ich mich gleich mit Aleksi befassen. Varg hat mir versprochen, ihm eine Nachricht zukommen zu lassen, auch wenn ich keine Ahnung habe, wie er das anstellt. Vermutlich noch eins eurer Geheimnisse, von denen ich nichts erfahren darf«, hielt sie ihn ebenfalls auf dem Laufenden, bevor sie sich einige Blumen ins Haar steckte, die sie im Innenhof hatte erblühen lassen.

Nur eine Stunde später betrat Aleksi die Burg. Allerdings hatte er nicht vor mit Amia bei den Dunkelalben zu bleiben, da er ihr ein wenig von seinem Reich zeigen wollte. Die junge Frau willigte ein und so spazierte sie mit ihrem Verlobten über eine wunderschöne grüne Wiese, auf der unzählige Blumen wuchsen. Armas begleitete sie und tapste neben ihr her, während er Aleksi immer wieder böse Blicke zuwarf.

»Erzählst du mir, warum du mich sprechen wolltest? Es schien dringend zu sein, also habe ich mich beeilt zu dir zu kommen. Du kannst mir alles sagen«, wollte Aleksi schließlich wissen und Amia blickte kurz in den blauen Himmel, ehe sie die Aufmerksamkeit auf ihren Verlobten richtete.

»Nun, ich mache mir große Sorgen um meine Schwester. Sie bedeutet mir alles und es macht mich fertig, dass der Kampf gegen die Schattenwesen so an ihren Kräften zehrt. Daher hatte ich gehofft, dass du vielleicht mit ihr trainieren könntest, damit sie ihr Feuer besser und vor allem länger einsetzen kann. Myrkvi kommt dafür nicht infrage, da er nicht ernsthaft mit ihr trainieren würde. Außerdem denke ich, dass du viel geeigneter für diese Aufgabe bist. Schließlich bist du der König dieses wundervollen Landes und kannst sicher viel besser kämpfen als Myrkvi«, gab sie ihr Anliegen preis und versuchte gleichzeitig ihm ein wenig zu schmeicheln. Aleksi war anzusehen, dass er von der Idee nicht sonderlich begeistert war.

»Warum sollte ich deiner Schwester helfen wollen? Sie bedeutet mir nichts und Myrkvi ist nicht gerade ein Freund. Der einzige Grund, wärst du, aber ich bin nicht sicher, ob das ausreicht«, antwortete er ihr schließlich und Amias Blick wurde traurig. Sie hatte sich mehr erhofft.

»Nun, wenn du Lyra hilfst, würde es auch mir helfen. Wir zwei sind durch das Zwillingsband miteinander verbunden. Lyra und ich waren immer zusammen, niemals getrennt. Dich zu heiraten und sie nicht mehr jeden Tag sehen zu können, zerreißt mir bereits das Herz. Aber wenn sie weiterhin ohne jede Hilfe versucht, das Land der Dunkelalben von den Schattenwesen zu befreien, wird sie das irgendwann umbringen und dieser

Umstand würde auch mich zugrunde richten«, versuchte sie Aleksi dann so zu überzeugen. Vielleicht konnte sie ihn mit diesem Argument besser überreden. Eine Lüge war es nicht, denn ohne Lyra würde Amia nicht leben wollen.

Wieder dachte Aleksi darüber nach, schwieg sehr lange und Amia begann, jede Hoffnung aufzugeben. Sie schien ihren Verlobten nicht überzeugen zu können.

»Würdest du das Gleiche nicht auch für deine Schwester wollen? Stell dir vor, dass es Kaarina und dein Volk wären, nicht Lyra und die Dunkelalben. Würdest du denn nicht auch alles tun, damit Kaarina und dein Volk alles überstehen? Erzähl mir nicht, dass du sie nicht liebst! Ich habe oft genug in deinem Blick gesehen, dass du alles für deine Schwester und deine Nichte tun würdest«, probierte Amia es ein weiteres Mal und mit diesen Worten schien sie eher an Aleksi herantreten zu können. Einen Moment grübelte der Lichtalb noch, dann aber nickte er schließlich.

»In Ordnung, ich werde deiner Schwester helfen. Aber nur unter der Bedingung, dass Myrkvi und die anderen Dunkelalben uns nicht den Krieg erklären, wenn deine Schwester eine blutige Schramme davon trägt. Das Training wird hart werden, aber nur so kann sie lernen. Sicher wird sie auch hin und wieder vollkommen erschöpft sein, leichte Verletzungen davon tragen ... Ich muss einfach sicher sein, dass mir und meinem Volk nichts passieren wird. Ganz besonders aber muss unsere Verlobung gehalten werden. Ich werde es nicht dulden, dass deine Schwester dich mir vorenthält, wenn sie ihre Kräfte richtig beherrscht«, stellte er klar und Amia nickte zustimmend.

»Das verstehe und akzeptiere ich. Myrkvi wird dir nichts tun, ebenso wird deinem Volk nichts geschehen und unsere Verlobung geht meine Schwester nichts an. Ich habe dir mein Versprechen gegeben und ich werde es auch halten. Ganz egal was geschieht«, versprach sie ihm. Aleksi schien zufrieden.

»In Ordnung. Dann soll es so geschehen«, antwortete er, nahm Amias Hand und gab ihr einen Kuss auf den Handrücken. Mit einem Lächeln sah sie ihren Verlobten an, während sich ihre Wangen röteten. Irgendwie war er ja schon ganz charmant, wenn er es wollte. Vielleicht würde die Ehe mit ihm nicht so schlecht sein, wie sie gedacht hatte.

»Nun möchte ich aber meine Verlobte besser kennenlernen und ich kann mir denken, dass du mich bestimmt auch ein wenig mehr über mich wissen möchtest, oder? Setzen wir uns doch«, sagte Aleksi und zwinkerte Amia zu, die abermals errötete. »Frag mich, was immer du willst. Du wirst meine zukünftige Königin sein, da habe ich keine Geheimnisse.«

Amia setzte sich mit Aleksi in das weiche Gras und schaute kurz in die Ferne. Armas legte sich auf ihren Schoß und machte es sich dort gemütlich, während ihr Blick über die saftig grünen Wiesen, sowie den scheinbar endlosen Wald schweifte.

»Wie kommt es, dass du schon König bist? Ich meine, ihr Alben altert alle ab einem gewissen Punkt nicht mehr, aber wenn man euch genau ansieht, kann man durchaus Unterschiede erkennen. Du erscheinst mir nicht viel älter als Myrkvi. Ich würde gern etwas über deine Familie erfahren, sie wird schließlich auch bald meine sein. Wie es kam, dass du König wurdest?«, fragte sie schließlich und sah wieder zu ihrem Verlobten, der nun ernst, traurig und nachdenklich aussah. Einen Moment lang sagte er gar nichts, dann aber hob er den Blick und begann zu erzählen.

»An meine Eltern habe ich merkwürdigerweise keine Erinnerungen, obwohl sie starben, als ich 14 Jahre alt war.

Seltsamerweise weiß niemand, was mit ihnen geschehen ist. Das ist schon viele Jahrzehnte her ... und naja, nach ihrem Tod wurde ich König. Außer mir gibt es noch Kaarina und die hat inzwischen ihre eigene Familie gegründet, wie du weißt. Ihr Mann heißt Zebe und er ist der Anführer der Lichtalbenarmee«, erzählte er, während Amia verstehend nickte und gespannt lauschte.

»Vielleicht interessieren dich noch unsere Krafttiere? Nun, meines ist der Hirsch, aber das weißt du sicher inzwischen. Kaarinas hingegen ist ein Luchs, das passt sehr gut zu ihrer mütterlichen und lieben Art. Zebe hat den Wolf an seiner Seite. Wenn du ihn kennenlernst, wirst du schon wissen, warum. Er knurrt gern, ist aber von Grund auf gut und nichts ist ihm wichtiger als seine Familie. Das hat er mit mir gemeinsam«, endete Aleksi schließlich ruhig. Amia streichelte über Armas weiches Fell, ehe sie ebenfalls zu erzählen begann.

»Lyra und ich mussten seit unserem 13. Totenfest alleine zurechtkommen. In dem Jahr starben unsere Eltern, wir fanden sie am Flussufer. Es war nicht einfach für uns, aber irgendwie haben wir es geschafft. Die Dorfbewohner haben Lyra oft als Hexe beschimpft, was sicher an ihrem roten Haar liegt. Von ihrem Feuer wussten nur die wenigsten. Aber das reichte aus, um Angst vor uns zu haben. Hin und wieder haben mich Dorfbewohner aufgesucht, damit ich ihnen Kräutermischungen zubereite. Du fragst dich nun vielleicht, woher ich dieses Wissen habe. Ich habe keine Ahnung, denn es war einfach schon immer da. Vielleicht liegt das an meiner Gabe, ich weiß es nicht. Unsere Eltern haben uns sehr geliebt und alles für uns getan. Umso schockierter waren wir, als Myrkvi plötzlich auftauchte und uns offenbarte, dass sie einen Handel mit ihm und seinem Vater geschlossen hatten. Lyra fühlte sich verraten. Sowohl von unseren Eltern als auch von dir. Denn sie glaubte, dass wenn meine Eltern dich um diesen Handel gebeten hätten, sie nicht dazu gezwungen gewesen wäre, einen Fremden aus einer anderen Welt zu heiraten und dass unsere Eltern würden noch leben würden. Deswegen kam sie her, um herauszufinden, warum unsere Eltern sterben mussten, wo sie doch unter dem Schutz der Dunkelalben standen. Myrkvi sagte, dass nur ein ebenbürtiges Wesen den Schutz hätte umgehen können. Nun weiß sie es natürlich besser. Ihr könnt hier die Rufe der Menschen nicht hören und seid auch nicht schuld am Tod unserer Eltern«, erzählte sie leise und seufzte auf, ehe sie ihren Blick Aleksi zuwandte. Er ergriff ihre Hand und drückte diese sanft, woraufhin Armas träge den Kopf hob, um den Lichtalben anzuknurren. Er mochte ihn nicht und es gefiel ihm nicht, dass er immer so viel Zeit mit Amia verbrachte. Diese blickte den Kater an und kraulte ihn hinter seinen Öhrchen, damit er sich beruhigte und weiterschlief.

»Wenn der Kampf gegen die Schattenwesen vorbei ist, werde ich dir und deiner Schwester helfen und herausfinden, was mit euren Eltern geschehen ist. Wer weiß? Vielleicht ist dann sogar ein Frieden zwischen den Alben möglich. Zu viel möchte ich allerdings nicht versprechen, schließlich liegt es nicht alleine an mir!« Amia lächelte Aleksi an und gab ihm einen Kuss auf die Wange. Sie freute sich sehr über das Angebot und war überzeugt, dass sich auch Myrkvi den Frieden für sein Volk wünschte.

## Kapitel 11

### Tanzunterricht

Drei Tage nach Lyras Zusammenbruch sollte es soweit sein. Heute begann das Training und Lyra war schon gespannt, was Aleksi ihr beibringen würde. Dass er ihnen auch helfen wollte, den Tod ihrer Eltern aufzuklären, hatte sie gleich noch mehr gefreut und so konnte sie es kaum erwarten, mit dem Training zu beginnen. Hastig eilte sie über die Gänge und Amia hatte Mühe ihr zu folgen.

»Ich kann es kaum erwarten, meine Fähigkeiten zu trainieren und auszubauen!«, freute Lyra sich und blickte ihre Schwester mit funkelnden Augen an. Für das Training trug sie heute kein Kleid, das wäre nur hinderlich, da sie sich in diesen langen Röcken nicht schnell genug bewegen konnte. Stattdessen trug sie eine hauteng Lederhose und dazu ein einfaches weißes Hemd. Die langen roten Haare hatte sie zu einem Zopf geflochten, damit sie nicht störten.

Im Innenhof angekommen, warteten dort aber nicht nur Myrkvi und Aleksi. Nein, am Brunnen saßen auch noch Ragn, Varg, Kaarina und die kleine Ylvi. Sobald

Ylvi Lyra erblickte, quietschte das Albenmädchen munter auf und streckte die Ärmchen nach ihrer Freundin aus. Lachend ging Lyra zu Kaarina und nahm ihr die Kleine ab.

»Hallo! Ich wusste gar nicht, dass du auch zuschaust«, sagte Lyra begeistert und gab dem Mädchen einen dicken Kuss auf die Wange. Kichernd ahmte Ylvi Lyras Geste nach und küsste diese ebenso.

Amia beobachtete die Situation mit einem Lächeln und sah anschließend Ragn an.

»Was macht ihr alle hier?«, fragte sie und legte den Kopf ein wenig schief. Sicher würde es Lyra nicht gerade passen, dass alle zuschauten.

»Wir verpassen doch nicht, wie die beiden trainieren! Das müssen wir sehen«, antwortete Ragn mit einem breiten Grinsen.

Aleksi stand schon bereit und wartete ungeduldig, dass Lyra sich endlich von seiner Nichte losreißen konnte.

»Willst du nun trainieren oder mit Ylvi rumschmusen?«, rief er ihr zu, ehe Lyra ihm frech die Zunge rausstreckte.

»Wenn du so fragst ... Mit Ylvi kuscheln!«, erwiderte sie frech und drückte Ylvi nochmal. Dann aber gab sie das kleine Mädchen an ihre Mutter zurück und stellte sich Aleksi gegenüber.

Amia hingegen setzte sich zwischen Myrkvi und Kaarina, um ihre Schwester und Aleksi genau beobachten zu können. Auch Armas gesellte sich dazu, wollte aber eher nicht zusehen. Stattdessen sprang er auf Amias Schoß und stupste ihre Hand an, damit sie ihn streichelte.

»Gut, bist du bereit?«, fragte Aleksi, woraufhin Lyra nickte. Aleksi hob eine Hand und sah Lyra konzentriert an.

»Du musst deine Energie bündeln. Konzentriere dich darauf, was du erreichen möchtest. Ich werde nun mein

Wasser auf dich loslassen. Du musst nichts weiter tun, als trocken zu bleiben«, erklärte er ruhig. Abermals nickte Lyra und machte sich bereit. Doch im nächsten Moment stand sie pitschnass da, Aleksis Wasserstrahl hatte sie direkt getroffen.

»Ich war noch nicht bereit«, beschwerte sie sich und wischte sich das nasse Haar aus dem Gesicht. Bei ihrer Ausrede wank Aleksi nur ab.

»Glaubst du etwa, dass die Schattenwesen warten bis du bereit bist?«, gab er zurück und ließ den nächsten Wasserstrahl auf sie los. Amia sah schockiert zu, wie sich ihre Schwester schützend die Hände vors Gesicht hielt, aber keine Chance gegen den Lichtalben hatte.

»Hör auf damit!«, verlangte Myrkvi wütend und sprang auf. Seine Hände waren zu Fäusten geballt und Amia konnte ihm ansehen, dass er durchaus bereit war, einen Streit oder vielleicht sogar einen Kampf mit Aleksi anzufangen. Natürlich gefiel es Amia auch nicht, wie Aleksi mit ihrer Schwester umging, doch dafür trainierten die zwei schließlich. Damit Lyra lernte, ihre Kraft nicht so schnell zu verbrauchen und gezielt einzusetzen.

Amia stand auf und legte eine Hand auf Myrkvis Schulter.

»Sie trainieren doch nur. Aleksi würde Lyra niemals ernsthaft etwas antun. Denn er weiß, dass mich das zutiefst verletzen würde. Vielleicht sollten wir zwei einfach nicht zuschauen, wir beide reagieren zu emotional auf das Ganze«, versuchte, sie Myrkvi zu beruhigen. Doch der Dunkelalb war immer noch sehr wütend und fixierte Aleksi mit seinen Blicken, während Lyra mit dem Auswringen ihres Hemdes beschäftigt war.

Ragn schien glücklicherweise mit Amia einer Meinung zu sein, denn er erhob sich ebenfalls und stellte sich vor Myrkvi.

»Amia hat recht. Du möchtest deiner Verlobten doch helfen. Das kannst du aber nicht, wenn du sie dauernd beim Training störst, nur weil sie von Aleksi angegriffen wird«, redete er auf seinen Sohn ein. Myrkvi wandte nun endlich den Blick von Aleksi ab und sah seinen Vater finster an. Einen Moment stand er schweigend da, dann drehte er sich um und rauschte einfach davon.

Amia warf ihrer Schwester noch einen kurzen Blick zu, dann eilte sie Myrkvi nach, damit er nicht irgendeine Dummheit anstellte.

Als sie ihn schließlich eingeholt hatte, ging sie mit schnellen Schritten neben ihm her und sah ihn an.

»Myrkvi, reg dich doch nicht auf. Aleksi wird ihr schon nichts tun, sie trainieren doch nur. Glaub mir, mir behagt es auch nicht, den beiden zuzusehen«, versuchte sie ihn zu besänftigen, was aber nicht funktionieren wollte. Myrkvi schien immer noch aufgebracht zu sein.

»Wenn er ihr auch nur ein Haar krümmt! Sie ist meine Verlobte!«, knurrte er wütend und blieb stehen. Amia konnte das wütende Funkeln in seinen Augen nur zu deutlich sehen, weshalb sie zur Beruhigung eine Hand auf seinen Oberarm legte.

»Wir sollten bei dem Training nicht mehr dabei sein, sondern uns irgendwie ablenken. Hm, was hältst du davon, wenn du mir das Lesen und Schreiben beibringst? Schließlich werde ich Aleksi heiraten und als zukünftige Königin sollte ich solche Dinge doch können, oder nicht?«, fragte sie.

»Gut, dass du das ansprichst!«

Sie drehten sich um und sahen Kaarina, die mit der kleinen Ylvi auf dem Arm auf sie zukam und Amia sanft anlächelte.

»Als unsere künftige Königin wirst du weit mehr können müssen, als lesen und schreiben. Du musst über unsere Geschichte Bescheid wissen, tanzen können, unsere Bräuche kennen und noch so vieles mehr! Ich dachte mir, während Lyra mit meinem Bruder das Kämpfen trainiert, könnte ich dich auf dein Leben als Königin vorbereiten. Myrkvi kann natürlich mitmachen, ein wenig Manieren würden ihm nicht schaden«, erklärte sie, ehe sie Myrkvi frech angrinste. Die kleine Ylvi wollte die Worte ihrer Mama unterstreichen, indem sie den Dunkelalb streng ansah und ihn mit erhobenem Zeigefinger ermahnte, sich zu benehmen. Amia musste bei dem süßen Verhalten des Albenmädchens lachen.

»Na komm, es klingt nach einer guten Idee. Es würde uns beide ablenken und wir grübeln nicht immer darüber, ob Lyra verletzt wird«, versuchte Amia Myrkvi zu überzeugen. Der Albenprinz überlegte einen Moment, nickte aber.

»Na schön. Ich weiß auch schon, wo wir hingehen können. Dort ist genug Platz zum Tanzen, aber es gibt auch einen Tisch für das Lesen und Schreiben«, sagte er, woraufhin Kaarina zufrieden nickte.

Gemeinsam gingen sie nun die Gänge entlang, Amia fragte sich, welchen Raum er wohl meinte. Schließlich hatte sie sich hier in den letzten Wochen schon gut umgesehen, aber an einen geeigneten Raum konnte sie sich nicht erinnern.

Schnell merkte sie, dass es wohl hinunter in die Kellergewölbe ging. Gut, hier kannte sie sich eher nicht aus, sie hatte sich immerzu weiter oben aufgehalten und die Burg erkundet. Aus den Augenwinkeln konnte Amia erkennen, wie Ylvi sich ein wenig enger an ihre Mutter kuschelte. Offenbar machten ihr die Dunkelheit und die feuchte Luft hier unten ein wenig Angst. Aber Kaarina drückte ihre Tochter beruhigend an sich und streichelte ihr über den Rücken, während sie den langen unterirdischen Gang mit den vielen Türen entlanggingen.

»So, wir sind da. Kommt rein« sagte Myrkvi schließlich, während er eine Tür öffnete. Er ließ Amia eintreten und sah dann Kaarina mit einem warnenden Blick an. Sie sollte keine Dummheiten anstellen, schließlich war das hier sein Revier.

Amia betrat den Raum und schaute sich mit großen Augen um. Es war kein einfaches Zimmer, sondern vielmehr ein kleiner Saal. Eine einzelne Fackel warf etwas Licht in den großen Raum, aber schnell hatte Myrkvi eine weitere entzündet, sodass nun die volle Größe des Saales sichtbar wurde. In der Mitte stand ein langer Tisch mit vielen Stühlen und an der Wand waren einige Regale mit Büchern und Plänen.

»Hier versammelt sich mein Vater mit seinen Beratern. Aber derzeit braucht er den Raum nicht«, erklärte Myrkvi Amia, ehe er mit einer Handbewegung einen heftigen Luftstoß heraufbeschwor und mit ihm den Tisch und die Stühle an die Wand schob. So war die Raummitte frei zum Tanzen.

»Du möchtest also mit dem Tanzunterricht anfangen? Nun, mir soll es recht sein«, sagte Kaarina und setzte Ylvi auf den langen Tisch.

»Wie willst du tanzen lehren, wenn wir gar keine Musik haben?«, fragte Myrkvi, der offensichtlich keine Lust auf das Tanzen hatte. Amia ließ die zwei diskutieren und sah sich weiter in dem kleinen Saal um.

»Ich bitte dich, Myrkvi. Für Musik braucht man keine Instrumente, wenn man singen kann. Ylvi und ich können außerdem im Takt in die Hände klatschen«, erwiderte Kaarina schulterzuckend, woraufhin Myrkvi spöttisch lachte.

»Du willst singen? Dein Katzengejammer?«, höhnte er und fing sich einen bissigen Blick von der Lichtalbin ein.

»Besser als dein Rabengekrächze! Nun hör auf zu meckern! Amia muss das Tanzen lernen und noch einiges mehr!«, wies sie ihn zurecht, ehe sie auf Amia zuging, sie am Handgelenk packte und zu Myrkvi zog.

»Stellt euch in Tanzposition!«, forderte sie beide auf, doch sowohl Amia, als auch Myrkvi sahen sie nur verwirrt an.

»Erzähl mir nicht, dass ihr Dunkelalben nicht tanzt!«, sagte Kaarina ein wenig sprachlos.

»Doch, aber wir haben nicht solch alberne Tänze wie ihr. Wenn wir feiern, dann draußen. Es wird ein riesiges Feuer entzündet und dann tanzen wir zur Musik um das Feuer. Jeder so wie er mag, alleine oder mit einem Partner«, erzählte er schulterzuckend und Kaarina klappte die Kinnlade hinunter. Ihrem Gesichtsausdruck nach zu urteilen, waren die Dunkelalben vermutlich nichts weiter als ein Haufen Wilde.

»Na schön. Dann zeige ich es euch beiden«, sagte sie schließlich seufzend. Kaarina schob Amia zur Seite und ging mit Myrkvi in Tanzposition.

»So. Deine Hand muss hier hin und die andere musst du so halten!«, erklärte sie ihm, immer noch irritiert darüber, dass die Dunkelalben unzivilisierter zu sein schienen, als gedacht.

»Gut. Nun folg mir einfach. Amia, du schaust genau zu!«, wies sie anschließend die beiden an und machte einige einfache Schritte. Die Schrittfolge wiederholte sie immer wieder, bis Myrkvi sie beherrschte. Dann löste sie sich, damit Amia mit dem Dunkelalb tanzen konnte. Ein wenig unsicher ging das Mädchen in die von Kaarina gezeigte Tanzposition mit Myrkvi, schaute ihm unsicher in die Augen und bemerkte, wie ihr Herz plötzlich wild flatterte, als sie Myrkvis starken Hände spürte. Eine lag an ihrer Hüfte, die andere hielt ihre eigene Hand fest umschlossen. Amia wagte die ersten Schritte, doch direkt beim zweiten Schritt trat sie dem Alb auf den Fuß.

»Macht nichts. Wir üben schließlich«, sagte Myrkvi ruhig. Amia nickte nervös und wiederholte die ersten Bewegungen. Diesmal ging es schon ein wenig besser. Kaarina nickte zufrieden und zeigte den beiden nach und nach weitere Tanzschritte. Myrkvi konnte man deutlich ansehen, dass er es hasste von ihr verbessert zu werden. Aber er riss sich zusammen und ließ es über sich ergehen.

»Das läuft doch schon ganz gut! Vielleicht sollten wir es erst einmal beim Tanzunterricht belassen. Nebenbei kann ich dir unsere Bräuche erklären. Wenn du das alles kannst, bringe ich dir lesen und schreiben bei«, sagte Kaarina irgendwann. Amia sah zu ihr hinüber und nickte. Dadurch war sie allerdings kurz abgelenkt und trat Myrkvi abermals auf die Füße. Entschuldigend sah sie ihn an und begann von vorn.

»Versuchen wir es mal mit Musik. Komm, Ylvi, wir singen ein wenig für die beiden, damit sie ein wenig Taktgefühl bekommen!«, forderte Kaarina ihre Tochter auf. Dann begann sie auch schon zu singen, was Amia abermals durcheinanderbrachte. Prompt lief sie direkt in Myrkvi hinein, anstatt zwei Schritte rückwärts zu gehen.

»Ich bekomme das nie hin!«, beschwerte sie sich frustriert und verschränkte die Arme vor der Brust.

»Unsinn. Jeder fängt einmal an. Du musst die Schritte erst noch verinnerlichen, dann kannst du das im Schlaf«, versicherte Kaarina ihr, bevor sie erneut begann ihr Lied zu singen.

So ging es die nächsten Tage weiter. Sobald Amia einen Tanz beherrschte, brachte Kaarina ihr schon den Nächsten bei. Während Amia verzweifelt versuchte, sich all die neuen Schritte zu merken, erzählte Kaarina ihr auch noch von all den Bräuchen und dem Stammbaum der Königsfamilie. Ylvi kam oft mit, aber an einigen Tagen blieb sie auch im Reich der Lichtalben bei ihrem Vater Zebe. Diesen lernte Amia nach zwei Wochen kennen, als der Tanzunterricht abgeschlossen war.

## Kapitel 12

### Lesen lernen

Als Zebe den Raum betrat, bemerkte Amia sofort, dass er ein Wolf war. Er hatte etwas Gefährliches und Wildes an sich, doch sobald er Kaarina und Ylvi ansah, war nichts als Liebe in seinen Augen. Amia beneidete Kaarina. So eine Liebe wünschte sie sich auch, aber Aleksi wollte sie nur, damit die Dunkelalben nicht die Lichtalben angriffen, sobald Lyra Myrkvis Königin war.

»Heute bringen wir dir das Lesen und Schreiben bei«, erklärte Kaarina lächelnd, ehe sie sich an Myrkvi wandte. »Du kannst heute also etwas anderes machen, wenn du möchtest. Dafür brauchen wir dich nicht. Zebe hat viel Erfahrung mit dem Unterricht«, sagte sie, aber Myrkvi sah nicht so aus, als würde er Amia alleine mit zwei Lichtalben lassen, noch dazu mit dem Anführer der Lichtalbenarmee. Wer wusste schließlich schon, was diese Lichtalben im Schilde führten?

»Ich bleibe. Es ist euch erlaubt, hier zu sein. Das bedeutet aber nicht, dass ich euch blind vertraue und alleine lasse«, machte er Kaarina klar. Zebe sah aus, als würde er jeden Moment die Beherrschung verlieren, weil Myrkvi so mit seiner Frau sprach. Aber bevor es eskalieren konnte, ging Amia dazwischen.

»In Ordnung, fangen wir an. Wenn ich Königin werden soll, ist es wirklich wichtig, dass ich lesen und schreiben kann. Also lasst uns beginnen. Später können wir nachsehen, welche Fortschritte Lyra und Aleksi machen«, schlug sie vor. Myrkvi und Zebe funkelten sich noch einen Moment böse an, ehe sie beide nickten.

Zusammen setzten sie sich an den Tisch, den Myrkvi wieder in die Mitte des Raumes transportiert hatte. Amia setzte sich zwischen Myrkvi und Zebe, und Kaarina ließ sich gegenüber von ihnen nieder und nahm Ylvi auf den Schoß.

»Gut, also ich würde vorschlagen, dass wir mit deinem Namen anfangen«, schlug Zebe vor, wobei er nach etwas Papier und einer Feder griff. Dann zeichnete er irgendwelche Zeichen darauf und zeigte sie Amia.

»Das ist dein Name in der albischen Schrift. Ein A, ein M, ein I und wieder ein A«, begann er zu erklären und zeichnete sie erneut einzeln untereinander auf das Papier. Amia starrte die Symbole an und versuchte sie sich zu einzuprägen. Nur leider schien das noch schwieriger zu sein, als sich die Tanzschritte zu merken oder all die seltsamen Bräuche, wie zur Geburt eines Kindes, den Sonnenwendfesten oder anderen großen Ereignissen.

Mit fragendem Blick sah sie Myrkvi an.

»Versuch, deinen Namen zu schreiben«, sagte er ermunternd und nahm Zebe die Feder weg, um sie Amia zu geben. Ein wenig zögerlich setzte sie an und versuchte ihr Glück, aber irgendwie sahen ihre eigenen Symbole noch viel seltsamer aus. Kaarinas Blick nach zu urteilen war es tatsächlich nicht sonderlich gut. Aber geschlagen geben wollte sie sich nicht, also probierte es Amia weitere Male. Wieder und wieder versuchte sie, ihren Namen zu schreiben, bis es ungefähr Zebes Symbolen glich.

»Gut, die Buchstaben deines Namens kannst du. Machen wir weiter.« Zebe nahm wieder Papier und Feder und zeichnete weitere, kompliziert aussehende Symbole darauf. Ein wenig verzweifelt starrte Amia das Geschriebene an. Eines erkannte sie wieder, es war auch in ihrem Namen.

»Dies ist nun der Name deiner Schwester. L, Y, R und A«, erklärte Zebe. Erneut nahm Amia die Feder und versuchte den Namen ihrer Schwester zu schreiben. Es war gar nicht so einfach, trotzdem schrieb sie ihn immer und immer wieder, bis es einigermaßen akzeptabel aussah. Fragend blickte sie automatisch zu Myrkvi, um von ihm Bestätigung zu bekommen.

»Das sieht schon ganz gut aus. Aber ich denke, dass du wirklich noch üben musst«, sagte er aufmunternd. Amia aber war frustriert, denn sie hatte auf ein Lob gehofft. Dass man ihr sagte, wie gut sie es hinbekam und sie weiter machen konnten und nicht, dass sie noch viel mehr üben musste.

»Gib nicht auf, so schwer ist das gar nicht«, ermutigte Kaarina sie, aber Amia verlor jede Lust.

»Können wir nicht lieber weiter tanzen?«, fragte sie, woraufhin Kaarina den Kopf schüttelte.

»Die wichtigen Tänze kannst du bereits. Lesen und Schreiben ist bedeutungsvoller. Nun komm!«, forderte sie Amia auf. Diese seufzte lediglich und sah Myrkvi an. Nun nahm er die Feder und das Papier und schrieb sehr viele Symbole.

»Hier steht nun Armas. Das hier ist mein Name und dort steht Aleksi«, erklärte er, während Amia versuchte, sich das irgendwie einzuprägen. Allerdings sah für sie alles gleich aus.

»Das kann ich mir nie merken!«, jammerte sie und fuhr sich mit den Fingern durchs Haar.

»Du sollst es ja auch nicht auswendig lernen, sondern lesen. Komm, gehen wir wieder die einzelnen Buchstaben durch«, erwiderte Zebe und erklärte ihr abermals jeden Buchstaben. Doch bereits nach dem zweiten Namen schwirrte ihr der Kopf, sowas war einfach nichts für sie. So viele neue Sachen, die sich merken musste ... Sie fragte sich, wie Lyra sich wohl anstellen würde. Denn schließlich würde ihre Schwester das auch noch lernen müssen.

»Amia! Hörst du überhaupt zu?«

Amia sah auf und blickte überrascht in Zebes Gesicht. Er schien nicht begeistert darüber zu sein, dass sie nicht zugehört hatte.

»Entschuldige, das ist einfach so viel auf einmal. Ich weiß gar nicht, ob ich mir das alles merken kann«, entschuldigte Amia sich und Zebe hob eine Augenbraue.

»So viel haben wir doch noch gar nicht gemacht. Du musst einfach besser zuhören und aufpassen!«, erwiderte er streng. Amia sah wieder auf das Blatt Papier mit den Symbolen und versuchte daraus schlau zu werden, aber für sie waren das alles nur irgendwelche Bilder.

»Vielleicht sollten wir es erstmal bei den Namen belassen. Amia nimmt die Feder mit auf ihr Zimmer, übt die Namen und morgen machen wir weiter«, schlug Myrkvi vor, woraufhin Amia ihn dankbar ansah. Zebe schien nicht begeistert zu sein, stimmte aber zu, um keinen Streit zu provozieren.

»In Ordnung, ich schreibe dir nochmal die Namen auf. Du übst sie und merkst dir die Buchstaben«, sagte er und Amia nickte. Zebe schrieb ihr abermals Amia, Lyra und Armas auf, ehe er ihr das Papier und die Feder mit Tinte gab.

»Gut, morgen geht es aber weiter. Da wirst du dich ein wenig mehr anstrengend müssen!« Amia nickte.

»Ja, ich weiß. Ich werde mir Mühe geben!«, versprach sie, nahm die Sachen und flüchtete lieber schnell auf ihr Zimmer, bevor Zebe es sich doch anders überlegte.

Den ganzen Nachmittag und Abend übte Amia die Namen. Obwohl es langsam besser wurde, sahen ihre Symbole immer noch nicht richtig aus.

Am nächsten Tag nahm Zebe glücklicherweise nicht am Unterricht teil, weshalb sie heute alleine mit Kaarina war. Leider war sie kein bisschen besser als ihr Ehemann, sondern eher noch ungeduldiger.

»Amia, das kann doch nicht so schwer sein! Du hast doch gestern deinen Namen und den deiner Schwester geübt, warum kannst du sie noch nicht ohne Hilfe schreiben?«, fragte Kaarina, während sie unruhig durch das Zimmer ging. Sie waren heute in Amias Räumen, da es keinen Tanzunterricht mehr gab. Armas war auch anwesend, zeigte allerdings kein Interesse am Unterricht. Der kleine Kater hatte sich lieber vor dem Kamin zusammengerollt und schlief.

»Wir haben doch gestern erst angefangen ...«, versuchte Amia sich rauszureden, aber Kaarina war eine strenge Lehrerin.

»Das ist keine Entschuldigung. Du solltest wenigstens deinen Namen können! So schwer ist das doch nun wirklich nicht«, erwiderte sie und Amia biss sich auf die Unterlippe. Was sollte sie denn machen? Sie konnte sich diese komischen Symbole einfach nicht merken.

Die nächsten Tage wurden zwar besser, aber noch immer war Amia am Verzweifeln. Zebe und Kaarina waren beide sehr strenge Lehrer, die kein Erbarmen kannten. Jedes Mal musste Amia besser sein und wenn sie es nicht war, verlangten ihre Lehrer, dass sie die am Vortag geübten Worte erneut ohne Vorlage aufschrieb.

Abends setzte sie sich dann mit ihrer Schwester zusammen und sie erzählten sich gegenseitig von den Übungen und Fortschritten. Lyra schien wirklich gut mit dem Training voranzukommen. Sie beneidete Amia jedoch kein bisschen, als sie sich die komischen Symbole ansah. Allerdings wusste sie, dass auch sie früher oder später das Lesen und Schreiben würde lernen müssen. Schließlich sollte sie ebenfalls Königin werden und da musste man gewisse Dinge können. Den Tanzunterricht aber konnte Lyra auslassen, denn Myrkvi hatte ja bereits gesagt, dass es diese Tänze bei den Dunkelalben nicht gab.

»Besonders schrecklich ist der Unterricht bei Zebe! Kaarina ist zwar auch nicht gerade die freundlichste Lehrerin, aber bei Zebe merkt man, dass er normalerweise Soldaten ausbildet«, klagte Amia und seufzte auf. Am liebsten wollte sie alles hinschmeißen, doch sie tat es auch für ihre Schwester.

Nach zwei Wochen konnte Amia noch immer nicht richtig lesen und schreiben, aber wenigstens konnte sie bereits ein wenig die Namen.

Es war früher Vormittag und Amia saß, wie schon in den letzten zwei Wochen, in ihrem Zimmer und wartete auf Kaarina. Zebe ließ sich nicht mehr so oft blicken, vermutlich hatte er keine Lust, sie weiter zu unterrichten.

Als es nun an der Tür klopfte, sah Amia auf. Sicher war das ihre Lehrerin.

»Ja? Komm ruhig rein!«, sagte sie und bereitete sich auf einen weiteren harten Tag mit ihrer strengen Lehrerin vor. Doch statt Kaarina trat Myrkvi ein. Unter dem Arm hatte er ein Buch, das ziemlich dick aussah.

»Wo ist denn Kaarina und was hast du da mitgebracht?«, fragte Amia und stand auf. Myrkvi sah sie an.

»Kaarina kann dich heute nicht unterrichten, Ylvi ist krank. Sie wird wohl erst nächste Woche wieder kommen, also übernehme ich erstmal die Stunden. Ich habe ein Buch mitgebracht, aus dem du mir vorlesen sollst«, erklärte der Dunkelalb, woraufhin Amia wieder der Mut verließ. Sie sollte ihm vorlesen? Na das konnte ja was werden.

Schweigend setzte Amia sich mit Myrkvi an den kleinen Tisch und nahm das Buch an sich. Sie schlug es auf und blätterte ein wenig. Überraschenderweise waren darin viel mehr Bilder als Buchstaben.

»Es ist ein Buch für Kinder. Ich dachte mir, dass es dir vielleicht leichter fällt, wenn du damit anfängst, als immer nur die Buchstaben zu lernen«, erklärte Myrkvi mit einem sanften Lächeln. Amia erwiderte es, bevor sie eine beliebige Seite aufschlug. Nur zwei Zeilen standen dort und sie versuchte, die Buchstaben zu erkennen. Einige waren ganz einfach, aber bei anderen musste sie lange überlegen.

»Setz dich nicht unter Druck, wir haben Zeit. Notfalls sitzen wir hier, bis Kaarina wieder übernimmt«, meinte Myrkvi schmunzelnd, während er sich zurücklehnte. Aus der Obstschale nahm er sich einen Apfel und biss ab. Amia sah ihn kurz an, schaute dann aber wieder auf das Buch und versuchte die Zeilen zu lesen. Peinlich war ihr das schon irgendwie, schließlich war sie eine junge Frau und sollte so etwas können. Zumindest hier bei den Alben, denn bei den Menschen konnte fast niemand lesen oder schreiben.

»Ähm, E-in ...«, begann sie langsam zu lesen.

»Ein ‚e‘ und ‚i‘ liest man als ‚ei‘«, erklärte Myrkvi und Amia nickte nur, ehe sie es weiter versuchte.

»Ein. Ein ... al ... ter ...«, arbeitete sie sich Wort für Wort weiter. Wann immer sie etwas falsch aussprach, korrigierte Myrkvi sie und half ihr. Mit ihm fiel es Amia viel leichter, das Lesen zu lernen

So zogen sich die Stunden dahin, bis sich plötzlich die Tür öffnete und Lyra hereinkam. Sie sah recht mitgenommen aus, aber trotzdem zufrieden.

»Oh, ihr seid noch am Lernen. Tut mir leid, ich komme später wieder!«, sagte sie und wollte gerade gehen, aber Myrkvi hielt sie auf.

»Kein Problem, Liebste. Amia hat für heute genug gelernt, sie ist schon richtig gut. Ich denke, dass wir morgen weitermachen«, erwiderte er, nickte Amia kurz zu und ging aus dem Zimmer.

Amia sah ihre Schwester glücklich an.

»Es geht schon viel besser! Myrkvi ist wirklich ein toller Lehrer. Wie läuft es bei dir und Aleksi? Du siehst ganz schön fertig aus«, meinte sie und Lyra setzte sich zu ihrer Schwester.

»Das freut mich für dich. Bei mir und Aleksi läuft es richtig gut. Inzwischen kann ich viel mehr machen und halte auch länger durch. Oh, und Aleksi hat heute das erste Mal gegen mich verloren!«, erzählte sie breit grinsend, woraufhin Amia laut lachen musste.

»Ohje! Ich glaube, das hat er nicht so gut vertragen, oder? Wie schade, dass ich sein Gesicht nicht sehen konnte!«, lachte sie und sah ihre Schwester zufrieden an. So langsam lebten die beiden sich hier ein.

## Kapitel 13

### Lyras Training

Lyra beneidete ihre Schwester wirklich nicht. Sie konnte sich nicht vorstellen, den ganzen Tag im Zimmer zu verbringen und irgendwelche seltsamen Symbole zu lernen. Doch wusste sie, dass auch sie dies irgendwann lernen musste. Schließlich war sie mit dem zukünftigen König der Dunkelalben verlobt und da musste man auch lesen und schreiben können.

»Wo bist du mit deinen Gedanken?«, fragte Aleksi und musterte Lyra, als sie sich ihre Haare wie immer zusammenband.

»Ich möchte richtig Kämpfen lernen. Ohne meine Fähigkeiten, also Schwertkampf und sowas«, antwortete sie, woraufhin Aleksi eine Augenbraue hob.

»Ich soll mit dem Schwert auf dich losgehen? Myrkvi wird mich umbringen!«, meinte er, was Lyra zum Grinsen brachte.

»Na dann muss dich meine arme Schwester wenigstens nicht mehr heiraten!«, erwiderte sie frech und Aleksi schüttelte amüsiert den Kopf.

»Warum denkt ihr so schlecht über mich? Ich möchte nichts weiter als Frieden. Und was ist ein besserer Anlass, als eine Hochzeit? Durch eure tiefe Verbundenheit wird es sicher nie wieder zu einem Krieg zwischen den Alben kommen«, sagte er, ehe er sich an den Brunnen setzte. Während des Trainings hatte sich einiges zwischen ihnen geändert. Zwar neckten und ärgerten sie einander noch immer, aber sie gifteten sich schon lange nicht mehr so an, wie noch zu Beginn des Trainings.

»Du fragst wirklich, warum wir so schlecht über dich denken? Vielleicht ja deshalb, weil du mich eingesperrt hast und mich erst freigabst, als meine Schwester einwilligte dich zu heiraten«, antwortete Lyra ihm schließlich, bevor sie sich neben ihn setzte.

»Amia hat das nicht verdient. Aber da sich die Situation leider nicht mehr ändern lässt, will ich wenigstens hoffen, dass du sie gut behandeln wirst!«, machte sie ihm dann klar. Aleksi nickte schweigend, sagte allerdings nichts weiteres dazu. Stattdessen kam er zum ursprünglichen Thema zurück.

»Du möchtest also lernen mit dem Schwert zu kämpfen. Warum? Dein Feuer ist doch viel mächtiger«, fragte er sie und sah sie wieder an.

»Ja, schon. Aber ich finde, dass man sich nicht immer nur auf seine magischen Kräfte verlassen sollte. Man muss auf alles vorbereitet sein. Wenn einmal der Fall eintreten sollte, dass ich meine Kräfte nicht einsetzen kann, dann möchte ich mich anders verteidigen können«, erklärte Lyra, wobei sie sehr entschlossen klang.

»In Ordnung. Wir werden aber nicht mit richtigen Schwertern üben, sonst bringt dein Verlobter mich wirklich noch um. Warte hier, ich werde uns etwas zum Üben holen«, sagte Aleksi, während er sich erhob. Lyra nickte und sah ihm nach, wie er über den Innenhof ging. Doch kaum hatte er den Gang betreten, tauchte Varg auf und stellte sich ihm in den Weg. Es folgte eine Diskussion, woraufhin sich Aleksi offenbar ärgerte. Einige Minuten später kam er zurück und Varg verschwand in der Burg, vermutlich holte er die Trainingsschwerter.

»Dämliche Dunkelalben!«, regte Aleksi sich auf, als er wütend zurück zu Lyra kam.

»Lassen sie dich etwa nicht ins Schloss? Dich, den wunderbaren König der Lichtalben?«, fragte Lyra lachend, wobei sie sich einen bösen Blick von Aleksi einfing.

»Sie könnten mir ruhig ein wenig mehr Respekt entgegenbringen! Immerhin bin ich der König der Lichtalben und bringe ihrer zukünftigen Königin das Kämpfen bei, damit sie das Land von den Schattenwesen befreien kann. Ein wenig Dankbarkeit wäre da nicht schlecht!«, schimpfte er, während Lyra weiterhin kicherte.

Kurz darauf kam Varg wieder und brachte ihnen zwei Schwerter aus Holz. Als er eines Aleksi gab, sah er den Lichtalben warnend an.

»Sie ist unsere zukünftige Königin! Also warne ich dich, sollte sie verletzt werden, wird das ernsthafte Konsequenzen nach sich ziehen!«, drohte er ihm und Lyra rollte mit den Augen.

»Wie soll ich denn richtigen Schwertkampf lernen, wenn er mich wie ein rohes Ei behandelt? Am besten lässt du uns wieder alleine trainieren. Ich kann schon sehr gut einschätzen, was ich vertrage und was nicht!«, wies sie Varg zurecht, ehe sie ihn wegschob. Der Dunkelalb sah Aleksi erneut warnend an, ging dann aber, damit die beiden wieder trainieren konnten.

»Hör nicht auf ihn. Lass uns trainieren. Greif mich am besten einfach an und ich versuche dich abzublocken«, sagte sie anschließend zu Aleksi, bevor sie sich in Position stellte.

»In Ordnung, wie du möchtest. Aber sei gewarnt, ich bin ein ausgezeichneter Schwertkämpfer«, warnte Aleksi, doch Lyra grinste.

»Umso besser. Los!« Lyra machte sich bereit und schon griff Aleksi sie an. Zuerst hielt er sich noch zurück, stellte dann aber fest, dass Lyra ihn ziemlich gut abgewehrt hatte. Also versuchte er es erneut, diesmal ein wenig energischer. Wieder blockte sie ab.

»Wo hast du das gelernt?«, fragte Aleksi ein wenig skeptisch und musterte Lyra, welche grinste.

»Naja, bei den Menschen war es für mich und meine Schwester sehr gefährlich. Irgendwie musste ich sie beschützen. Da ich mein Feuer nicht einsetzen konnte, wollte ich lernen mit einem Schwert umzugehen. Gut, ich hatte nur lange Stöcke, aber es scheint ja ganz gut gewesen zu sein«, erklärte sie zufrieden.

»Gut. Also bist du keine Anfängerin. Machen wir weiter und ab jetzt halte ich mich nicht mehr zurück«, antwortete Aleksi, wobei er wieder angriff. Nun traf er sie mit voller Kraft, woraufhin Lyra es nicht schaffte auszuweichen oder zu abzublocken. Er schlug mit voller Wucht gegen Lyras Arm und diese keuchte auf, ehe sie schmerzerfüllt das Gesicht verzog. Aufgeben wollte sie allerdings nicht, weshalb sie tapfer stehen blieb und nun selbst versuchte anzugreifen. Doch egal wie viel Mühe sie sich gab, sie konnte Aleksi nicht treffen. Frustriert sah sie den Lichtalben an, doch der grinste nur selbstgefällig. Dann griff er plötzlich erneut an und bevor Lyra auch nur die Chance hatte, irgendwas zu tun, spürte sie den nächsten Schlag, diesmal auf ihrem Oberschenkel.

»Soll ich mich wieder zurückhalten?«, fragte Aleksi spöttisch. Anstatt ihm zu antworten, setzte sie zum Angriff an, traf aber auch dieses Mal nicht. Schlecht gelaunt ging sie abermals auf ihn los. Wieder und wieder. Aber Aleksi blieb ihr überlegen. Aufgeben kam für sie nicht infrage. Sie würde es so lange versuchen, bis sie endlich einen Treffer landete, oder es wenigstens schaffte, ihn mit dem Schwert zu streifen.

Aleksi fand es bemerkenswert, dass Lyra nicht aufgab, sondern stur weiter machte. Natürlich hatte sie nicht die geringste Chance gegen ihn. Er war immerhin ein König und musste sein Land sowie sein Volk beschützen können. Abgesehen davon hatte er ihr viele Jahrzehnte Training voraus.

»Soll ich dir nicht lieber erst doch ein paar Schrittfolgen und Schläge zeigen? Sonst landest du nie einen Treffer!«, neckte er sie, was Lyra nur noch wütender zu machen schien. Wie im Wahn schlug sie immer wieder auf ihn ein, aber Aleksi wich jedes Mal gelassen aus. Ihre Bewegungen waren für ihn mehr als vorhersehbar. Aber dann tat er einen Schritt zurück und stolperte. Kaum lag er am Boden, landete Lyra auch schon einen Treffer und jubelte.

»Ha! Ich habe dich getroffen! Danke, Armas, dass du den blöden Lichtalben zu Fall gebracht hast!«, sagte sie grinsend und hob den kleinen Kater hoch, der Aleksi unschuldig ansah.

»Verfluchtes Vieh! Warum bist du nicht bei Amia, wie sonst auch?«, fragte er schlecht gelaunt, stand auf und rieb sich den Hintern. Der Aufprall war hart gewesen, aber er konnte wesentlich mehr einstecken.

Armas ließ sich von Lyra kraulen, wobei er frech zu Aleksi sah. Dann aber sprang er von ihrem Arm und lief mit erhobenem Schwanz zurück ins Schloss. Vermutlich würde er jetzt Amia aufsuchen, um sich eine Belohnung zu holen.

»Wenn deine Schwester meine Frau wird, bleibt das Katzenvieh aber hier!«, sagte Aleksi und zückte sein Schwert erneut. Lyra musste lachen.

»Da kennst du Amia aber schlecht. Sie und der Kater kleben zusammen wie Pech und Schwefel. Wenn du sie heiratest, heiratest du auch den Kater«, klärte sie ihn auf. Ohne noch ein weiteres Wort mit Aleksi zu wechseln, griff sie wieder an. Doch nun konnte Armas ihm nicht mehr zwischen die Füße laufen, weshalb Aleksi wieder deutlich im Vorteil war.

Als später Zebe zu ihnen stieß, holte Aleksi ihn direkt dazu.

»Ich kann nicht, ich soll doch ihrer Schwester das Lesen beibringen!«, erwiderte Zebe, der von Aleksi auf den Innenhof gezogen wurde.

»Erzähl mir doch nichts. Du kämpfst doch lieber mit dem Schwert, als dich mit Büchern zu beschäftigen. Lyra braucht eine Herausforderung. Gegen mich kommt sie zwar auch nicht an, aber du hast mehr Übung in der Ausbildung von Kämpfern«, versuchte der Albenkönig seinen Heerführer zu überzeugen. Zebe seufzte auf und nahm Aleksis Holzschwert.

Lyra machte sich bereit, doch gegen Zebe hatte sie noch weniger Chancen. Offenbar hatte sich der Albenkönig mehr zurückgehalten als gedacht. Zebe schlug auch sehr viel härter zu. Wieder und wieder landete er einen harten Treffer, bis Lyra am Boden lag.

»So wird das aber nichts mit dem Schwertkampf. Ich gebe mir kaum Mühe und du liegst schon am Boden. Los! Steh auf!«, wies der Lichtalb Lyra zurecht, als sie sich kaum noch bewegen konnte. Ächzend stand Lyra wieder auf, griff nach ihrem Holzschwert, ehe sie nach Zebes nächstem Schlag wieder auf dem Boden landete.

Am Abend schleppte Lyra sich vollkommen fertig in ihr Zimmer, wo sie sich auf das Bett fallen ließ. Ihr Körper schmerzte und überall hatte sie blaue Flecken von Aleksis Schlägen. Aber sie hatte ja auch darauf bestanden, dass er sich nicht zurückhielt. Wie sollte sie sonst etwas lernen?

»Lyra?«

Lyra brummte nur, als sie ihre Schwester vor der Tür hörte. Amia kam rein, sie trug Armas auf dem Arm und setzte sich an die Bettkante.

»Du siehst vollkommen fertig aus. Aleksi hat erzählt, dass ihr heute mit dem Schwert geübt habt und du einiges einstecken musstest. Myrkvi wurde richtig wütend, woraufhin die zwei in einer seltsam klingenden Sprache stritten. Ich dachte mir, dass ich nach dir schaue. Wie die zwei sich die Köpfe einschlagen, möchte ich mir nicht unbedingt ansehen«, erzählte sie, wobei sie ihrer Schwester das Haar aus dem Gesicht strich. Lyra seufzte auf und sah Amia müde an.

»Ja, wir haben mit Schwertern trainiert. Ich möchte mich nicht nur auf meine Feuerkräfte verlassen können. Leider bin ich sehr viel schlechter als gedacht, auch wenn ich Zuhause schon öfter trainiert habe«, murmelte Lyra müde.

»Sei mir bitte nicht böse, aber ich habe jetzt keine Lust mehr zu reden. Alles, was ich jetzt noch möchte, ist schlafen«, fügte sie dann hinzu, schloss erschöpft die Augen und schlief sofort ein.

Amia deckte Lyra zu, bevor sie den Raum verließ. Auf dem Flur konnte sie Myrkvi und Aleksi immer noch streiten hören.

# Kapitel 14

## Amia recherchiert

Während Lyra mit Aleksi und Zebe den Schwertkampf trainierte, las Amia weiterhin Myrkvi vor. Als Kaarina wieder übernehmen wollte, war sie so begeistert von Amias Fortschritten, dass sie Myrkvi den Unterricht gänzlich überließ. Nur zwischendurch kam Kaarina noch, um Amia weitere Tänze beizubringen und die Alten aufzufrischen. Hin und wieder saßen sie beide auch draußen und lasen, während Myrkvi seine Aufmerksamkeit auf Lyra und Aleksi gelegt hatte. Er passte auf, dass Aleksi sie nicht mehr so wie am ersten Trainingstag mit dem Schwert malträtierte. Doch dieser hielt sich zurück, sodass Myrkvi sich mehr auf Amias Lesekünste konzentrieren konnte.

Irgendwann aber wurde Amia das Kinderbuch zu langweilig. Sie wollte etwas Anderes lesen. Etwas, von dem sie möglicherweise auch etwas Zusätzliches lernen konnte. Abgesehen davon, wollte sie noch immer herausfinden, was Ragn verbarg. Denn dass er etwas geheim hielt, konnte er nicht leugnen. Wann immer Amia ihm begegnete, sah er sie seltsam und misstrauisch an, bevor er sich umdrehte und eine andere Richtung einschlug.

»Ich würde gern in die Bibliothek gehen und ein wenig forschen. Vielleicht magst du mich begleiten? Du kennst dich dort schließlich besser aus und kannst mir helfen, wenn ich etwas noch nicht entziffern oder verstehen kann. Ich würde gern mehr über die Vergangenheit der Alben erfahren«, versuchte sie, Myrkvi zu überzeugen.

Dieser hörte ihren Vorschlag, war aber nicht sicher, ob sie für diese Art der Lektüre schon bereit war.

»In Ordnung«, gab er nach einigen Überlegungen nach, ehe er mit ihr zusammen zur Bibliothek ging. Es war vielleicht wirklich besser, wenn sie auch andere Bücher las und sich die Anforderungen steigerten. Außerdem war sie inzwischen zu einer recht guten Leserin geworden.

In der Bibliothek führte Myrkvi Amia direkt zu den Geschichtsbüchern. Davon gab es einige, aber nur die Wenigsten handelten von den Alben. Myrkvi kannte den Inhalt der Regale sehr gut, denn als zukünftiger König musste er alles über die Vergangenheit seines Volkes wissen.

»Gut, hier haben wir Stammbäume und hier die Geschichte meines Vaters, sowie meine eigene und die von Aleksi. Zumindest soweit wir Informationen haben. Der Pakt mit deinen Eltern ist darin übrigens auch verzeichnet. Oh, und dort haben wir auch Legenden, aber die werden dir eher nicht helfen. Zumindest, wenn du dich an die Fakten halten möchtest. Sie sind aber gut geeignet um Lesen zu lernen, da sie spannend und interessant sind«, erklärte er, während Amia direkt die drei Bücher aus dem Regal nahm. Sonderlich dick und schwer waren die Bücher nicht, also trug sie diese hinüber zu einem Tisch, setzte sich in den bequemen Sessel und schlug das Buch mit den Stammbäumen auf. Schon auf den ersten Blick fiel ihr etwas auf.

»Warum geht euer Stammbaum nur bis zu deinem Vater zurück? Ich bezweifle, dass dein Vater der erste Dunkelalb war«, bemerkte sie, wobei sie auf jene Seite deutete, auf der lediglich Myrkvi und sein Vater vermerkt waren. »Was ist mit deiner Mutter? Du musst doch eine Mutter haben«, fragte sie weiter und runzelte die Stirn. Das war wirklich merkwürdig.

»Ich habe keine Ahnung, wer meine Mutter war, die Erinnerungen an sie sind irgendwie verschwunden. Vermutlich weil ich damals noch so jung war und es so lange her ist. Sie starb, als ich etwa 14 Jahre alt war und mein Vater spricht nicht darüber. Dieses Buch hat mein Vater selbst begonnen. Nur er weiß etwas über unsere Vorfahren. Ich habe mit der Zeit aufgehört, weiter nachzufragen. Antworten bekomme ich ja doch keine«, antwortete der Alb schulterzuckend. Amia fand das alles sehr merkwürdig. Schon vom ersten Tag an traute sie dem König nicht, wobei dieses Gefühl verstärkt wurde. Irgendetwas verbarg Myrkvis Vater und sie würde schon noch herausfinden, was es war.

Nachdenklich nahm Amia das nächste Buch, die Mythen und Legenden. Dieses blätterte sie durch, ehe sie an jener Geschichte hängen blieb, die Aleksi bereits erwähnt hatte: Der Fluch der Alben. Hier war die Geschichte noch ein wenig ausführlicher, erzählte aber nichts Neues. Ob der fehlende Stammbaum etwas mit dem Fluch zu tun hatte? Vielleicht war Myrkvis Mutter ja eine Lichtalbin und für Ragn war es zu schmerzhaft, darüber zu sprechen.

Myrkvi stand hinter Amia und lehnte sich an das Bücherregal. Dabei beobachtete er sie, wie sie nachdenklich auf die Buchseiten schaute und sich eine

Haarsträhne hinter das Ohr schob. Eine ganze Weile stand er so da und sah ihr zu, bis Amia frustriert das Buch zu schlug.

»Findest du nichts?«, fragte Myrkvi, stieß sich von dem Regal ab und trat neben sie. Amia schüttelte den Kopf.

»Nein. Wobei ich nicht einmal weiß, wonach ich genau suche«, antwortete sie. Myrkvi hingegen konnte ihr ganz genau sagen, wonach sie suchte. Auch er wusste, dass sein Vater etwas verheimlichte. Amia trug die Gabe der Erde mit sich, was bedeutete, dass sie in der Lage war, Lügen und Täuschungen zu spüren.

»Wenn du möchtest, kannst du die Bücher mit auf dein Zimmer nehmen und dort in aller Ruhe lesen. Vielleicht findest du etwas, was deine Neugierde befriedigt«, schlug Myrkvi vor, während Amia nachdenklich auf ihrer Unterlippe herumkaute.

»Hm, ja, das könnte ich machen.« Frustriert fuhr Amia sich mit der Hand durch ihr langes Haar, ehe sie gedankenverloren aus dem Fenster schaute. Myrkvi wollte ihr gern helfen, aber leider war er dazu nicht in der Lage. So nutzlos wie jetzt hatte er sich noch nie gefühlt, denn er konnte weder Lyra, noch Amia helfen.

Die nächsten Tage verliefen genauso. Während Lyra mit Aleksi ihre Fähigkeiten trainierte, waren Myrkvi und Amia in der Bibliothek. Dort durchstöberten sie sämtliche Bücher, um etwas über die Schattenwesen und die Geschichte der Alben herauszufinden, oder er half ihr bei Kaarinas Tanzunterricht.

Myrkvi suchte die richtigen Bücher heraus, woraufhin Amia alles durchblätterte. Er half ihr, wenn sie versuchte, so viel wie nur möglich zu lesen, auch wenn dies meist noch ein wenig dauerte. Jedoch erwischte Myrkvi sich dabei, wie er Amia immer wieder gedankenverloren beobachtete. Wenn das Sonnenlicht durch das Fenster fiel, verlieh es ihrem braunen Haar einen leicht rötlichen Schimmer. Wie ihre grünen Augen funkelten, wenn sie etwas gefunden hatte und sich freute. Hin und wieder bekamen sie auch Besuch von Armas. Der kleine Kater forderte stets die Aufmerksamkeit seines Frauchens und Amia gewährte ihm zu gerne die Streichel- und Schmuseeinheiten, nach denen er verlangte. Manchmal hatte sie auch heimlich ein Stück Trockenfleisch für den Kater dabei und verwöhnte ihn damit noch ein wenig mehr. Auch heute, acht Tage später, waren sie in der Bibliothek. Wieder bemerkte Myrkvi, dass er ständig zu Amia sah. Inzwischen wusste er nahezu alles über sie. Schließlich hatten sie nicht nur die Bücher gewälzt, sondern sich auch oft lange unterhalten. Er wusste, dass es falsch war, schließlich war er mit ihrer Schwester verlobt. Doch wenn er sie bei den Tanzstunden in seinen Armen hielt, dann fühlte sich das richtig an.

Am Abend ging Myrkvi in sein Schlafgemach, vor welchem er den kleinen Armas fand, der sich gerade ausgiebig putzte. Kurzerhand nahm Myrkvi den murrenden Kater hoch und mit in sein Zimmer, wo er sich mit ihm auf das Bett setzte.

»Kannst du mir sagen, was das soll? Ich bin mit Lyra verlobt, warte seit ewigen Zeiten auf die Hochzeit mit ihr und nun? Jetzt kommt Amia, sie bringt alles durcheinander! Aber was rede ich denn da? Du solltest schließlich auf Lyra aufpassen und hast dich dann auch auf Amia fixiert«, jammerte er, ehe er das Näschen des kleinen Katers anstupste. Armas sah den Prinzen an, ehe er kurz nieste und den Kopf schüttelte. Myrkvi lachte, wurde aber schnell wieder ernst.

»Kannst du mir nicht sagen, was ich tun soll? Als zukünftiger König ist es meine Pflicht, solche Pakte einzuhalten. Aber kann ich ein guter König sein, wenn ich eine Frau heirate, die ich nicht liebe?«, fragte er den Kater abermals und diesmal bekam er wenigstens ein Maunzen. »Es ist zum Haare raufen! Warum muss sowas ausgerechnet mir passieren?«

»Armas!«

Myrkvi sah zu seiner Tür. Draußen auf dem Flur hörte er Amia, wie sie ihren Kater suchte. Auch Armas vernahm das, sprang vom Bett und lief sofort zur Tür, an welcher er laut maunzend kratzte. Diese öffnete sich und Amia kam herein.

»Armas, was machst du hier?«, fragte Amia, nahm den Kater auf den Arm und gab ihm einen Kuss auf den Kopf. Erst dann bemerkte sie Myrkvi, woraufhin sie verlegen den Blick senkte.

»Verzeih, ich hätte nicht einfach reinkommen dürfen«, entschuldigte sie sich, aber Myrkvi wank ab.

»Kein Problem. Sei ihm nicht böse, ich habe ihn mit hier rein genommen«, erklärte er. Amia nickte und wünschte Myrkvi noch eine gute Nacht, ehe sie mit dem Kater wieder hinaus und in ihr eigenes Zimmer ging.

Myrkvi blieb noch eine Weile auf dem Bett sitzen und starrte die Tür an. Warum? Warum nur war er ausgerechnet mit Lyra verlobt? Hätte er damals den Handel nicht anders formulieren können? Stattdessen hatte er die Erstgeborene gefordert und Amia gehörte nun Aleksi.

Amia hatte Armas auf dem Arm und streichelte ihm über das dunkle Fell, während sie mit ihm in ihr Zimmer ging. Dort schloss sie die Tür, bevor sie sich mit dem Kater auf das Bett setzte.

»Was hast du bei Myrkvi gemacht?«, fragte sie ihren Kater, während sie ihm den schwarzen Bauch kraulte. Armas lag schnurrend da, er mochte es, wenn Amia ihn so verwöhnte.

»Denkst du, dass er etwas bemerkt hat?«, murmelte sie, bevor sie aufseufzte. Seit einer Weile hegte sie Gefühle für den Prinzen, obwohl sie doch mit Aleksi verlobt war und Myrkvi Lyra gehörte. Jeden Tag, wenn sie gemeinsam in der Bibliothek waren, beobachtete sie ihn. Wie er aus den Regalen die richtigen Bücher heraus suchte. Wie er am Fenster stand und gedankenversunken in die Ferne blickte.

Auch den Tanzunterricht genoss sie viel zu sehr. Jedes Mal, wenn Myrkvi sie in seinen starken Armen hielt und mit ihr tanzte, fühlte Amia sich, als würde sie schweben. Vielleicht sollte sie nicht mehr so viel Zeit mit ihm verbringen, sondern lieber mit Aleksi. Myrkvi hingegen sollte lieber mehr Zeit mit Lyra verbringen.

Amias Blick fiel auf den kleinen Tisch gegenüber des Bettes. Dort stand wie gewöhnlich eine volle Schale mit Granatäpfeln. An ihrem ersten Tag hier hatte sie sogleich Gefallen an dieser süßen Frucht gefunden und seit geraumer Zeit war die Schale immer gut mit diesen Früchten gefüllt. Sie wusste nicht wer, aber irgendjemand schien herausgefunden zu haben, wie sehr sie diese Früchte mochte und sorgte nun dafür, dass immer ausreichend da waren.

Vor kurzem hatte sie Myrkvi gefragt, wie es möglich war, all diese Köstlichkeiten herzuschaffen. Schließlich gab es hier kein fruchtbares Land.

*»Das verdanken wir unseren Krafttieren«, hatte Myrkvi ihr erklärt. »Einige, wie ich und meine Raben, besitzen die Fähigkeit, ganz nach Belieben in andere Welten zu gehen, wobei wir Dunkelalben aufgrund des Fluches auf die Erde und das Lichtalbenreich beschränkt sind. So ist es einigen von uns jedenfalls möglich, immer genügend Vorräte zu haben. Mein Vater und ich können auch Portale erschaffen, die außerhalb der Sonnenwendfeste funktionieren, allerdings nur für uns*

*beide oder die eben genannten Alben. So kommen wir an all diese Dinge.«*

Amia lächelte Armas an.

»Lass uns ein wenig schlafen. Morgen schauen wir dann weiter«, sagte sie seufzend, legte sich mit Armas ins Bett und schloss müde die Augen.

## Kapitel 15

### Die Entführung

Am nächsten Tag setzte Amia ihren Plan direkt in die Tat um. Wie Myrkvi es zu Beginn schon vorgeschlagen hatte, nahm sie die Bücher mit auf ihr Zimmer, wo sie mit Armas auf ihrem Bett saß und recherchierte. Irgendetwas stimmte hier nicht und sie wollte unbedingt herausfinden, was das war. Ragns seltsame Blicke bestätigten ihre Ahnung. Die Frage war nur, ob Myrkvi mit seinem Vater unter einer Decke steckte. Zutrauen tat sie es ihm allerdings nicht, immerhin hatte er ihr bei den Recherchen geholfen und ihr das Lesen beigebracht. Oder hatte er sie nur beobachten wollen?

Amia schüttelte den Kopf. Nein, sicher hätte sie es bemerkt, wenn Myrkvi versucht hätte, sie auszuspionieren.

Als Armas auf das Buch tapste und sich frech hinlegte, musste Amia grinsen. Offensichtlich wollte der Kater wieder Aufmerksamkeit. Also streichelte sie ihn ein wenig und gab ihm ein Stück Trockenfleisch.

Auch die nächsten Wochen verbrachte Amia überwiegend in ihrem Zimmer. Manchmal schaute sie ihrer Schwester beim Training zu, wobei sie zugeben musste, dass Lyra besser wurde. Immer sicherer wurde sie im Umgang mit dem Feuer, sodass das Training beinahe schon so aussah, als würden Lyra und Aleksi miteinander spielen. Auch der Schwertkampf glich inzwischen mehr einem Tanz als einem Kampf.

Doch heute war Amia wieder in ihrem Zimmer, wo einige Kerzen brannten, da sie ausreichend Licht zum Lesen brauchte. Armas hatte es sich vor dem Kamin gemütlich gemacht, putzte sich dort ausgiebig und legte den Kopf auf die Pfoten, bevor er einschlief. Amüsiert sah Amia ihren kleinen Kater an, ehe sie sich wieder den Büchern zuwandte. Nach all den Wochen kannte sie die Aufzeichnungen inzwischen auswendig und dennoch ... sie war noch immer nicht dahinter gekommen, was hier vor sich ging. Ragns Geheimnis. Warum er nicht wollte, dass sie ohne Aufsicht die Burg erkundete.

»Vielleicht hat es ja mit seiner Herkunft zu tun?«, fragte Amia sich laut und schaute nochmal auf den leeren Stammbaum. Myrkvi und Ragn. Mehr stand dort nicht.

Plötzlich erloschen die Kerzen und auch das Kaminfeuer ging aus. Schlagartig war es stockfinster im Zimmer, woraufhin Amia erschrocken aufsprang. Es wurde eiskalt und sie konnte nichts sehen, nur das klägliche Maunzen von Armas war zu hören. Dann, wie aus dem Nichts, erschien ein riesiger Schatten, der über Amia herfiel. Alles was sie tun konnte, war schreien, dann war sie von vollkommener Dunkelheit umhüllt.

Lyra trainierte mit Aleksi im Innenhof.

Heute war Ylvi mit ihrer Mutter dabei und schaute ihnen zu. Auch Zebe war anwesend und beobachtete sie ganz genau. Aleksi attackierte sie immer wieder mit

Wasser und Eis, wobei Lyra jeden Schlag gekonnt parierte. Sie war längst nicht mehr so schnell erschöpft wie zu Beginn des Trainings, Aleksi machte seine Aufgabe wirklich gut. Sie musste zugeben, dass sie inzwischen auch Gefallen an dem Lichtalb gefunden hatte. Sie beide passten sehr gut als Trainingspartner zusammen, reagierten instinktiv auf den anderen. Und wenn sie gemeinsam kämpften - auch das kam vor, denn Aleksi wollte, dass sie auch gegen mehrere Gegner gleichzeitig kämpfen konnte - schienen sie beide immer mehr eins zu werden.

Aleksi hatte ebenfalls Freude an dem Training gefunden. Lyra forderte ihn wirklich heraus, denn sie wurde immer besser. Inzwischen konnte er sie nicht mehr so einfach ärgern, indem er sie in eine Eissäule einschloss oder mit einem Wasserstrahl traf. Nein, nun reagierte Lyra sehr schnell und konnte seine Attacken immer flink abwehren. Auch mit dem Schwert war Lyra inzwischen sehr viel besser geworden und konnte ihm durchaus schon standhalten.

Zwischen den Trainingseinheiten unterhielten sie sich sehr viel, während Amia und Myrkvi meist in der Burg blieben und recherchierten, weshalb sie eher selten bei ihnen waren.

»Eine kurze Pause?«, fragte Aleksi, als sie beide vollkommen außer Atem waren. Lyra nickte keuchend und setzte sich.

»Wenn das so weitergeht, können wir schon sehr bald die Schattenwesen vollends besiegen. Mein Feuer und das Licht werden sie töten«, sagte Lyra optimistisch, worauf Aleksi zustimmend nickte. Lächelnd nahm sie eine Pflaume aus dem Korb, der immer mit Stärkung bereitstand und biss hinein. Genüsslich kaute sie auf dem süßen Fruchtfleisch, als sie Myrkvi entdeckte, der nachdenklich einen der Gänge entlang ging. Gerade wollte sie nach ihm rufen und von ihm wissen, was ihn denn so beschäftigte, aber da ertönte ein lauter Schrei.

»Amia!«, rief Lyra, ließ die Pflaume fallen und rannte sofort los. Auch Aleksi und Myrkvi liefen auf der Stelle los, denn Amia würde nicht ohne Grund schreien.

Myrkvi war der Erste, der ankam. Sofort öffnete er die Tür und sah ... Dunkelheit. Jegliches Licht erloschen und das Fenster stand sperrangelweit offen, weshalb es furchtbar kalt im Zimmer war. Erschrocken zuckte Myrkvi zusammen, als ihm der ängstliche Armas in die Arme sprang. Zitternd drängte der Kater sich eng an Myrkvi und suchte nach Schutz.

»Was ist hier passiert? Wo ist Amia?«, fragte Lyra nervös, als sie das eiskalte Zimmer betrat. Sie ließ einige Flammenkugeln erscheinen und brachte Licht und Wärme in das Zimmer.

»Die Schattenwesen haben sie mitgenommen«, sagte Aleksi, der zum Fenster trat. »Ja, eindeutig. Etwas Anderes gibt es hier nicht, was so hochkommen und einfach ohne unser Bemerken auftauchen und verschwinden kann.«

Lyra sah verzweifelt zu Myrkvi. »Wir müssen sie finden! Wer weiß, was sie mit Amia anstellen.«

Myrkvi hielt noch immer den zitternden Kater auf dem Arm, wobei er bereits überlegte, was sie unternehmen konnten.

»Was ist los? Ich hörte einen Schrei und kam sofort her!« Myrkvi blickte auf und sah seinen Vater.

»Die Schattenwesen haben sie entführt. Wir müssen sofort los und sie befreien«, fasste er zusammen, während Ragn nickte.

»In Ordnung. Aber zuerst müssen wir herausfinden, wo sie genau ist. Das Land der Schattenwesen ist, wie du weißt, sehr groß. Es könnte Tage oder Wochen dauern, bis wir sie finden«, versuchte Ragn die Ruhe zu bewahren.

»Das übernehme ich. Bereitet ihr euch auf den Kampf vor. Besonders du, Lyra. Stärk dich und ruh dich aus, denn du bist die Einzige, die gegen die Schattenwesen kämpfen kann«, sagte Aleksi, woraufhin die anderen ihn überrascht ansahen.

»Wie kannst du denn rausfinden, wo sie ist?«, fragte Myrkvi misstrauisch und musterte den Lichtalben. Aleksi grinste lediglich.

»Schon vergessen, dass meine Gabe das Wasser ist? Nun, ich kann nicht nur Wasser heraufbeschwören, ich kann auch durch es hindurch sehen. Ich brauche nur Wasser, beispielsweise in einer Schale. Dann kann ich sehen, was zum Beispiel am Brunnen vor sich geht. Das funktioniert auch bei dichten Regenwolken. Die beschwöre ich einfach herauf und lasse sie schweben. Anschließend schaue ich hier durch etwas Wasser hindurch und kann sehen, was die Wolke sozusagen sieht. Dass ich die Wolke steuern kann, muss ich wohl nicht erwähnen«, erklärte er grinsend, während Myrkvi ihn schlecht gelaunt ansah.

»Angeber«, grummelte er, ehe er sich umdrehte und mit Armas davonging, um sich vorzubereiten. Lyra trat flehend auf Aleksi zu.

»Bitte finde sie schnell! Wer weiß, zu was diese Monster fähig sind«, bat sie ihn, ehe auch sie ging, um sich ausgiebig auszuruhen und Kräfte zu sammeln. Zwar wollte sie so schnell wie nur möglich ihre Schwester finden, doch diesmal war sie besonnener als damals bei ihrem Ausflug zu den Lichtalben. Diesmal wusste sie, dass sie nicht weit kommen würde ohne die Hilfe der beiden Alben, die sich auf diesem Gebiet schließlich viel besser auskannten als sie selbst. Aleksi sah ihr kurz nach, dann beschwor er eine kleine dunkle Wolke. Diese würde im Reich der Schattenwesen nicht auffallen. Anschließend ließ er noch eine kleine Pfütze erscheinen und schickte anschließend die Wolke los, ehe er über die Pfütze alles beobachtete. Er würde Lyras Wunsch erfüllen und Amia schnell finden. Sie war schließlich seine Verlobte. Er würde nicht zulassen, dass ihr etwas geschah!

Amia kam langsam wieder zu sich, hatte jedoch starke Kopfschmerzen und fühlte sich sehr geschwächt. Nur schleppend erinnerte sie sich daran, was geschehen war. Sie hatte in ihrem Zimmer gelesen, als plötzlich dieser Schatten erschienen und sie mit sich genommen hatte.

Blinzelnd öffnete Amia die Augen, konnte aber nichts erkennen, da alles um sie herum schwarz war. Irgendwo in der Ferne hörte sie Stimmen.

»Sie bekämpfen uns, deswegen haben wir ihm das Liebste genommen«, sagte eine sehr tiefe und dunkle Stimme. Amia schauderte es bei dem Klang.

»Aber sie gehört den Lichtalben! Ihr hattet kein Recht sie zu nehmen«, erwiderte eine andere Stimme, die Amia seltsam bekannt vorkam. Aber sie konnte nicht sagen, wer es war.

Die Kopfschmerzen wurden wieder stärker, also schloss sie leise stöhnend die Augen und wurde abermals bewusstlos.

Wie lange Amia bewusstlos gewesen war, konnte sie nicht sagen. Wo auch immer man sie gefangen hielt, herrschte absolute Dunkelheit. Doch irgendwann kam ein wenig Licht in die Höhle und vor ihr stand ein großgewachsener Mann. Aber war es ein Mann? Amia war nicht fähig, ihn zu erkennen, jedoch sah er wie ein großer Schatten aus, der lediglich die Gestalt eines Mannes innehatte.

»Was wollt Ihr? Wer seid Ihr?«, fragte sie ängstlich, wobei sie sich an die Wand drängte. Im schwachen Schein des Lichtes erkannte sie, dass sie unter der Erde oder in einer Höhle sein musste. Die Wände bestanden aus Felsen und Erde.

»Du bist hier, um meine Braut zu werden! So wird deine verdammte Schwester aufhören, meine Untertanen zu vernichten. Denn dir wird sie sicher nichts tun und dann werde ich auch den Rest der Dunkelalben vernichten können! Ragn und sein nichtsnutziger Sohn werden nicht in der Lage sein, gegen uns zu kämpfen, solange du bei mir bist«, erwiderte der Schattenmann und nun wusste Amia, dass er der Anführer sein musste.

»Nein! Ich werde Euch niemals heiraten! Ich bin bereits mit Aleksi, dem König der Lichtalben verlobt und meine Schwester wird mich befreien«, antwortete Amia selbstsicher, doch der Anführer der Schattenwesen lachte nur. Dann kam er auf sie zu, hüllte sie in seinen Schatten und abermals sank Amia bewusstlos zu Boden.

Es dauerte ganze vier Tage. Vier Tage, in denen Lyra energisch trainierte, sich aber nicht zu sehr verausgabte. Myrkvi brütete über irgendwelche Aufzeichnungen, legte sich einen Plan zurecht, wie sie Amia am besten befreien konnten und schickte alle Raben los, damit diese nach ihr suchten. Gerne tigerte der Dunkelalb auch durch die Burg und grübelte einfach nur vor sich hin. Zusammen mit seinem Vater hatte er versucht, Amia durch den magischen Spiegel – das Artefakt, von dem er Amia erzählt hatte – zu finden, doch sie hatten nichts weiter als Dunkelheit erkennen können. Aleksi hingegen war jeden Tag damit beschäftigt, durch das Wasser hindurch nach Amia zu suchen, leider erfolglos.

Doch nach vier Tagen hatte er sie endlich gefunden. Durch eine dicke Regenwolke hindurch hatte er eine große Höhle entdeckt, die stark bewacht wurde. Eine ganze Weile hatte er diese beobachtet, doch als er den Anführer der Schatten dort mehrfach sah, war er sicher.

»Ich habe das Hauptquartier der Schattenwesen gefunden! Wir brauchen ein Portal und Lyra wird sehr viel von ihrem Feuer brauchen, um all die Schatten aufzuhalten«, sagte er, wonach sofort Aufbruchsstimmung herrschte. Keiner von ihnen wollte noch länger mit Amias Befreiung warten, da sie wussten, dass diese es nicht mehr lange in der Dunkelheit aushalten würde.

Also holten sie Fackeln, ehe sie gemeinsam in den Innenhof gingen, wo Myrkvi ein Portal öffnete. Dabei konzentrierte er sich auf das Ziel. Sie würden direkt bei der Höhle hinauskommen, um nicht unnötig Zeit zu verschwenden.

»Bereit?«, fragte er Lyra. Diese nickte und trat neben ihn, ehe sie mit den beiden Männern durch das Portal hindurchtrat.

Sofort war deutlich spürbar, dass sie nicht mehr im Schutz der Burg waren, denn es war furchtbar kalt und sehr düster. Vom Himmel war nichts zu sehen, überall hingen schwarze Wolken und versperrten die Sicht auf jedes Sonnenlicht.

Doch richtig umschauen konnten sie sich nicht, denn sie wurden sofort bemerkt. Zahlreiche Schattenwesen fielen über sie her, doch glücklicherweise konnte Lyra schnell einen schützenden Feuerkreis heraufbeschwören.

»Beschwöre kaltes Feuer«, forderte Aleksi sie auf, der plötzlich eine Idee hatte. Lyra nickte konzentriert. Sofort verschwand die Hitze des Feuers und Aleksi ließ eine große Mauer aus Eis erscheinen. Dieses spiegelte das Licht des Feuers tausendfach wieder, was dafür sorgte, dass sich noch mehr Schattenwesen zischend auflösten.

»Ich zünde eure Fackeln an! Sucht nach Amia, ich bleibe hier und kümmere mich und diese Biester! Mein Feuer wird euch schützen«, rief Lyra. Aleksi und Myrkvi ließen sich das nicht zweimal sagen. Sofort waren ihre Fackeln entzündet und sie eilten durch eine Nische in die

Höhle hinein. Augenblicklich waren sie von totaler Finsternis umhüllt. Schnellen Schrittes eilten die zwei Alben durch die schwarzen Gänge, auf der Suche nach Amia. Unterwegs begegneten ihnen keinerlei Schattenwesen, vermutlich waren sie alle draußen, um dort die Höhle zu bewachen.

»Nein! Niemals«, hörten sie ihre Stimme plötzlich ganz laut.

»Dort«, sagte Myrkvi, der sofort vorauseilte. Weit kamen sie allerdings nicht, denn nur wenige Schritte weiter fanden sie sich in einem runden Raum wieder. Das Licht der Fackeln erhellte diesen ein wenig und gegenüber sahen sie einen weiteren Gang.

Gerade als Myrkvi weiter gehen wollte, kam eine riesige Schattengestalt auf sie zu. Der Anführer der Schattenwesen.

»Verschwindet! Meine Braut wird hierbleiben und schon bald wird die Hochzeit sein«, sprach er, aber Aleksi und Myrkvi traten einen Schritt vor.

»Nein! Du wirst sie niemals bekommen«, entgegnete Myrkvi entschlossen, wobei er den Gegner mit seiner Fackel bedrohte. Der Anführer der Schatten hatte für diese Geste lediglich ein Lachen übrig.

»Wisst ihr überhaupt, dass sie mir in einem Handel versprochen wurde? Man muss einen solchen doch auch einhalten. Du, Myrkvi, solltest das am besten wissen«, höhnte er, während er den verwirrten Prinzen ansah.

»Du hast keine Ahnung, was? Wer dich in diese Situation gebracht hat? Nun, nimm deine Amia ruhig mit. Sie ist nicht mehr weit. Also hol sie dir. Sei dir aber gewiss, dass ich kommen werde und mir meine Braut hole! Wenn sie nicht freiwillig mitkommt, werde ich euch alle vernichten! Oh, und dreht euch einmal um! Dort steht der Verräter, der Amia an mich verkaufte.« Grinsend blickte er zu den beiden Alben, ehe er sich langsam auflöste und verschwand.

Myrkvi und Aleksi drehten sich um und konnten nicht glauben, wer vor ihnen stand.

## Kapitel 16

### Die Geschichte der Dunkelalben

»Du?«

Schockiert starrten sie in die Richtung, in der Ragn aus den Schatten hervortrat. Myrkvi war zutiefst erschüttert. Niemals hätte er geglaubt, dass sein Vater mit all dem zu tun hatte.

»Wie konntest du nur? Du hast uns alle verraten, hast unser aller Leben riskiert! Wofür?«, verlangte Myrkvi zu wissen, wobei er einen Schritt auf seinen Vater zutrat. Aleksi hielt sich zunächst zurück, denn dies war eine Sache zwischen Vater und Sohn.

»Bitte lass es mich erklären«, bat Ragn und sah seinen Sohn mit festem Blick an. Myrkvi erwiderte diesen wütend, verschränkte jedoch die Arme vor der Brust. Ragn schluckte, schaute die beiden Männer an und begann schließlich zu erzählen.

»Ihr kennt doch die Legende. Die Legende, warum es Dunkelalben und Lichtalben gibt«, begann er, woraufhin Aleksi und Myrkvi schweigend nickten. Ragn schluckte erneut. »Diese Legende ist nur zum Teil wahr. Jalo, Aleksis Vater, er war mein Bruder und mit uns beiden hat damals alles begonnen.« Aleksi und Myrkvi keuchten erschrocken auf, als sie das hörten. Sie beide waren also miteinander verwandt? Ragn sprach weiter.

»Jalo und ich waren grundverschieden. Ähnlich wie ihr. Während er sich lieber den ruhigen Seiten des Lebens widmete, war ich jeden Tag auf meinem Pferd unterwegs. Ich habe alles erforscht und wollte Abenteuer erleben, selbst als ich bereits verheiratet war und einen kleinen Sohn hatte. Schnell stellte ich fest, dass bereits alles erkundet und erforscht war. Schließlich liegt das Reich auf einer Insel. Nirgends gab es noch Abenteuer zu erleben. Doch eines Tages, ich war wieder alleine im Wald unterwegs, traf ich auf den Anführer der Schattenwesen. Er versprach mir, was ich mir wünschte. Unerforschte Länder und sehr viel neues Wissen. Im Gegenzug forderte er nur eines: Zwei Leben. In meiner Naivität ging ich darauf ein. Ich schloss meinen ersten Handel und dies sollte mein größter Fehler sein, denn der Anführer der Schattenwesen forderte nicht irgendwelche Leben. Nein, er forderte das Leben von Jalo und Eilen, meiner Frau und Myrkvis Mutter. Als ich davon erfuhr, habe ich ihn sofort aufgesucht. Ich wollte alles rückgängig machen, doch es war zu spät. Eilen und Jalo hatten bereits ihre Leben gegeben und mir blieb nichts weiter, als mein Sohn und das große neue Königreich, welches ich nun nicht mehr wollte.« Ragns Blick war immer trauriger geworden, seine Augen füllten sich mit Tränen, während er diese Geschichte. Das Geschehene schien ihn noch immer sehr zu belasten. Aleksi und Myrkvi hingegen versuchten zunächst zu verstehen, was sie eben gehört hatten.

»Alvina, Aleksis Mutter, ertrug den Verlust ihres Mannes und ihrer besten Freundin nicht. So sammelte sie ihre magische Energie und verfluchte mich. Sie machte mich, meinen Sohn und all meine treuen Anhänger zu

Dunkelalben, trennte die beiden Reiche voneinander und sorgte dafür, dass ich mit meiner Schande weiterleben musste. Das ist der Grund für alles. Warum es Dunkelalben gibt und warum ihr beide ohne Mutter und Aleksi auch ohne seinen Vater aufwachsen musste...« Ragn senkte den Blick. Er wagte es nicht, seinen Sohn oder Aleksi anzublicken. Dass er ihren Hass verdient hatte, das wusste er.

Myrkvi brauchte einen Moment, um das alles zu verstehen. Seine Hände waren zu Fäusten geballt und er spürte die Wut in sich aufkommen. Sein Vater war also schuld an all dem Leid, das die Dunkelalben hatten durchleiden müssen.

»Wie konntest du nur? Du hast einfach zwei Leben für so etwas wie Abenteuer geopfert? Selbst wenn es nicht Aleksis Vater und deine Frau gewesen wären, wie kannst du so einfach zwei unschuldige Leben opfern, weil es dir zu langweilig wurde?«, stellte er seinen Vater zur Rede, doch Ragn wusste selbst keine Antwort.

»Glaub mir mein Sohn, ich habe mich oft gefragt, wie ich das tun konnte. Jeden Tag habe ich es bereut«, erwiderte er schließlich beschämt, aber Myrkvi hatte kein Mitleid für seinen Vater.

»Hättest du es auch bereut, wenn es zwei fremde Alben gewesen wären? Warum haben die Schattenwesen nun Amia? Hast du sie ihnen ausgeliefert?«, fragte Aleksi, der seine Stimme wiedergefunden hatte. Myrkvi sah seinen Vater abwartend an.

»Ich ... Sie wollten eigentlich Lyra, Myrkvis Liebste, weil ihr sie nun bekämpft habt, um den Bann zu brechen. Aber ich habe sie ihnen natürlich verweigert. Also kamen sie, um jene zu holen, die Myrkvi liebt und heiraten möchte. Sie müssen Amia und Lyra verwechselt haben«, murmelte Ragn, doch Myrkvi schüttelte den Kopf.

»Nein, sie haben die Richtige mitgenommen. Amia ist die Frau, die ich liebe und heiraten möchte«, flüsterte er, ehe er entschuldigend zu Aleksi sah. »Ich liebe sie. Aber ich habe einen Pakt geschlossen und als zukünftiger König ist es meine Pflicht, diesen einzuhalten. Also werde ich Amia mit dir zusammen befreien, die Schattenwesen vernichten und dann Lyra heiraten. Ich bitte dich nur, Amia gut zu behandeln. Sie soll glücklich sein«, sprach er weiter, woraufhin Aleksi nickte. Er konnte Myrkvi gut verstehen, als König hatte man gewisse Verpflichtungen.

»Aber du bist nicht der König, denn dein Vater ist es. Er hat den Handel geschlossen«, bemerkte Aleksi doch Myrkvi schüttelte abermals den Kopf.

»Nein, ich wollte damals diesen Handel. Die erstgeborene Tochter. Und einen Vater habe ich nun nicht mehr«, sagte er leise. Als Ragn das hörte, sah er seinen Sohn schockiert an.

»Aber Myrkvi ...«, begann er, doch dieser schüttelte entschlossen den Kopf. Er ging auf seinen Vater zu und nahm ihm die Krone vom Haupt.

»Du hast nicht länger das Recht, dich König zu nennen und mein Vater bist du auch nicht mehr. Aleksi? Lass uns gehen, Amia braucht uns«, sagte er, warf die Krone einfach ins Dunkel und eilte mit Aleksi davon.

»Amia!« Myrkvi hatte sie endlich gefunden. Aber sie mussten sich beeilen, denn Lyra brauchte sicher Hilfe.

»Myrkvi« Amia war vollkommen am Ende. Sobald Myrkvi bei ihr war, klammerte sie sich an ihm fest und schluchzte vor Erleichterung. Die Schattenwesen hatten ihr übel zugesetzt, jedoch wusste sie, dass sie nun in Sicherheit war. Myrkvi war hier und ihr konnte nichts mehr passieren.

Auch Myrkvi war mehr als erleichtert, sie endlich gefunden zu haben. Wenigstens schien es ihr den

Umständen entsprechend gut zu gehen. So schloss er sie einfach in seine Arme und drückte sie fest an sich. Wie richtig sich das anfühlte, aber gleichzeitig auch so falsch. Er durfte sie nicht lieben, gehörte er doch an die Seite ihrer Schwester.

»Ihr könnt das Wiedersehen später feiern. Jetzt müssen wir hier raus und Lyra helfen«, zischte Aleksi den beiden zu, woraufhin die zwei sich wieder voneinander lösten. Mit Myrkvis Hilfe stand Amia auf und mit hastigen Schritten eilte sie hinter den zwei Männern her.

»Wo ist Lyra? Warum ist sie nicht bei euch?«, fragte sie, wobei sie sich regelrecht an Myrkvis Hand klammerte, damit er nicht plötzlich verschwand.

»Sie ist zurückgeblieben und hat uns den Rücken freigehalten. Eine andere Wahl hatten wir nicht, es waren zu viele Schattenwesen. Aber Lyra kann sie mit ihrem Feuer in Schach halten. Das Training mit Aleksi war wirklich gut«, erklärte Myrkvi kurz, während sie weiter durch die tiefschwarzen Gänge liefen. Glücklicherweise trug Aleksi noch die Fackel, denn sonst hätten sie niemals zurückgefunden.

Sie liefen immer weiter durch die scheinbar endlosen Gänge dieses Verstecks.

Dann plötzlich wurde es sehr viel heißer und Licht erreichte sie. Amia lief schneller, denn das konnte nur ihre Schwester sein. Wo sollte diese Hitze sonst her kommen?

Und tatsächlich, als sie um eine Ecke bogen, sah Amia ihre Schwester. Sie war umgeben von einer hohen Feuerwand, weswegen sich die Schattenwesen nicht in Lyras Nähe wagten.

»Amia!«, rief Lyra, als sie ihre Schwester erblickte. Mit einer kurzen Handbewegung erschuf sie eine Lücke in der Feuerwand. Diese war groß genug, dass Myrkvi, Amia und Aleksi hindurch konnten. Kaum war Amia bei ihrer Schwester angekommen, nahm sie diese sofort in den Arm.

»Nicht jetzt! Wir müssen raus«, drängelte Aleksi, wobei er die Mädchen eindringlich ansah. Lyra nickte nur und setzte sich mit ihren Begleitern in Bewegung, der Feuerkreis um sie herum blieb bestehen. Amia staunte, ihre Schwester hatte tatsächlich sehr viel bei Aleksi gelernt.

»Lauft! Ich werde sie aufhalten!«, rief Ragn, der ihnen nach draußen gefolgt war. Wütend wandte sich Myrkvi seinem Vater zu.

»Warum sollte ich dir noch vertrauen?«, fragte er.

»Du hast keine andere Wahl! Bringt euch in Sicherheit! Sie werden sicher die Burg angreifen, ihr müsst euch vorbereiten!«, erwiderte Ragn und beschwor eine unsichtbare Wand, durch welche die Schattenwesen nicht hindurch kommen würden. Kurz zögerte Myrkvi noch, nickte dann aber entschlossen und lief mit den anderen weiter durch die letzten Gänge der Höhle. Wohlwissend, dass er seinen Vater nicht wiedersehen würde.

Draußen angekommen, sah Amia die anderen drei an. »Wie kommen wir jetzt wieder zurück nach Hause?«, fragte sie, jedoch wirkte es nicht so, als würden sich die drei darüber den Kopf zerbrechen. Aleksi und Myrkvi stellten sich nebeneinander, hoben ihre Hände und schlossen konzentriert die Augen. Kurz darauf erschien vor ihnen eine Art Schleier, woraufhin Lyra nach ihrer Schwester griff und diese mit sich zog. Gemeinsam schritten sie durch das Portal und kaum waren sie hindurch, standen sie im Innenhof der Dunkelalbenburg.

## Kapitel 17

### Der Kampf beginnt

»Amia! Endlich bist du in Sicherheit«, brach es nun aus Lyra heraus, während sie ihrer Schwester schluchzend um den Hals fiel. Die ganze Zeit über hatte sie stark sein müssen, da sie sich in der Gegenwart der Schattenwesen keine Schwäche erlauben durfte. Aber hier waren sie nun sicher und sie konnte endlich ihre Gefühle und ihre Sorgen herauslassen.

»Ja, wir haben es geschafft, aber es ist noch nicht vorbei. Dank des verdammten Paktes werden sie zurückkommen und sich Amia holen wollen«, sagte Myrkvi. Verwirrt sahen die Mädchen ihn an.

»Welcher Pakt? Was verheimlichst du uns?«, fragte Lyra skeptisch und Myrkvi seufzte auf. Aleksi trat vor, wobei er den Blick auf die beiden Schwestern richtete.

»Wir haben es vorhin erst erfahren. Ragn hat endlich die ganze Geschichte, die ganze wahre Geschichte, erzählt«, sagte er und erzählte ihnen, was sie beide von

Ragn erfahren hatten. Lyra war schockiert, Amia hingegen eher weniger.

»Ich wusste gleich, dass irgendwas nicht stimmte. Diese Geheimnisse, dieses Gerede ...«, meinte sie nachdenklich, worauf Myrkvi nickte.

»Das gehört zu deinen Fähigkeiten. Du kannst nicht nur Pflanzen wachsen lassen, sondern spürst auch Geheimnisse und Lügen auf. Schon immer habe ich gewusst, dass er irgendwas verheimlichte. Dass da irgendwas war ... Als du plötzlich anfingst, nach etwas zu suchen, wurde mir bewusst, dass ich recht hatte. Wir beide spürten, dass etwas nicht stimmt. Und nun weiß ich es. Dieses seltsame Gefühl, wann immer ich mit den Lichtalben in Kontakt trat und wenn ich Aleksi sah. Das sind die Kindheitserinnerungen, die irgendwo tief verborgen sind. Schließlich geschah das alles erst, als Aleksi und ich schon Kleinkinder waren«, erklärte er und Aleksi nickte zustimmend.

»Mir geht es genauso. Irgendwas war da immer, wenn wir aufeinander trafen, wie diesen unerklärlichen Hass auf deinen Vater. Nun weiß ich, woher all das kam«, erwiderte er. Ja, nun ergab alles Sinn. Auch wenn sie sich nicht erinnern konnten, war sich Aleksi ziemlich sicher, dass sie als kleine Kinder viel Zeit miteinander verbracht haben mussten. Denn ihre Väter waren Brüder gewesen, ihre Mütter beste Freundinnen.

»Myrkvi!«

Myrkvi drehte sich um und sah Varg, der auf sie zugelaufen kam.

»Was ist passiert?«, fragte Myrkvi sofort.

»Schattenwesen! Sie kommen direkt auf unsere Burg zu«, erklärte der Dunkelalb, woraufhin Myrkvi fluchte. Er hatte zwar mit einem Angriff gerechnet, aber nicht nach so kurzer Zeit. Sie mussten handeln, also wandte er sich an Lyra.

»Fühlst du dich fit genug, um zu kämpfen? Dein Feuer ist das Einzige, was sie besiegen kann«, fragte er sie, denn Lyra war ihre einzige Hoffnung.

»Ich bin mir nicht sicher. Aber habe ich überhaupt eine Wahl? Wenn ich nicht kämpfe, werden alle sterben«, erwiderte sie und sah ihre Schwester an, ehe sie Amia umarmte.

»Wenn ich es nicht schaffe, dann werde glücklich. Trauere mir nicht nach«, bat sie diese, ehe sie sich von ihr löste und direkt über den Innenhof lief, von wo aus sie auf die Mauer ging. Dort hatten sie die beste Sicht und konnten am besten die Burg verteidigen.

»Ich werde ihr helfen. Wenn ich Eis heraufbeschwöre, kann es ihr Licht spiegeln und vervielfältigen, das wird uns mehr Zeit geben. Ihr beide solltet in die Bibliothek gehen und alles durchsuchen, was uns helfen könnte. Vielleicht gibt es doch einen anderen Weg um die Schattenwesen zu besiegen«, sagte Aleksi, ehe er Lyra hinterher eilte. Amia sah Myrkvi an, welcher ihr zunickte, ihre Hand nahm und mit sich ziehen wollte. Aber kaum waren sie ein paar Schritte weit gekommen, öffnete sich plötzlich das Portal und eine Schar Albenkrieger kam heraus. Verwundert schauten Myrkvi und Amia einander an, ehe auch Kaarina mit Zebe in seiner Kampfrüstung aus dem Portal kam. Als sie die beiden erblickten, kam Zebe mit Kaarina auf sie zu.

»Was ist hier los?«, fragte Myrkvi den Anführer der Lichtalbenarmee, der seine Frau zu ihm und Amia hinüberschob.

»Ich dachte mir, dass ihr Hilfe brauchen könntet. Also haben wir alle Soldaten zusammengetrommelt und hierher gebracht. Kaarina sollte eigentlich mit Ylvi Zuhause bleiben, aber stur, wie sie ist ... Bitte bring sie zusammen mit Amia in Sicherheit. Ich könnte es nicht ertragen, wenn ihr etwas passiert«, antwortete Zebe ernst und schaute den Prinzen an, woraufhin Myrkvi nickte.

»Ich werde sie in Sicherheit bringen, dann kannst du zusammen mit Varg und Aleksi die Alben anführen. Lyra gibt zwar mit ihrem Feuer ihr Bestes, aber vermutlich wird sie nicht ewig standhalten können«, sagte er.

Kaarinas Augen füllten sich mit Tränen.

»Gib auf dich Acht! Ylvi und ich brauchen dich! Ich liebe dich!«, schluchzte sie und warf sich in die Arme ihres Gatten. Zebe drückte seine Frau sanft und küsste sie innig.

»Pass auch auf dich auf und achte gut auf Ylvi, wenn ich nicht zurückkommen sollte«, bat Kaarina, ehe er sie ein letztes Mal ansah und sich dann umdrehte, um zu den anderen Kriegern zu laufen.

»Wir müssen in die Bibliothek und herausfinden, wie wir die Schattenwesen besiegen können«, erklärte Myrkvi Kaarina, ehe sie erneut los eilten. Doch bevor sie dort ankamen, stoppte Amia.

»Warte! Hier werden wir nichts finden, wir haben doch bereits alle Bücher unzählige Male gewälzt«, sagte sie, bevor sie ihn in einen anderen Gang mitzog. Erst wusste Myrkvi nicht, was in ihrem Kopf vorging. Doch schnell erkannte er den Weg und konnte erahnen, was sie vorhatte.

Kurz darauf standen die drei in den Gemächern seines Vaters und durchsuchten es nach Hinweisen, wie der Fluch oder die Schattenwesen besiegt werden konnten.

»Ich habe hier etwas!«, rief Amia plötzlich. Myrkvi sah ein sehr altes Buch in ihrer Hand, ließ sofort die Sachen aus seiner Hand fallen und ging zu ihr hinüber. Auch Kaarina kam dazu.

»Was ist das?«, fragte er, während er versuchte, das Buch zu erkennen. Amia öffnete es und blätterte ein wenig.

»Ich weiß nicht, ich kann es nicht lesen! Ich verstehe die Schrift und die Sprache nicht! Aber es sind noch mehr dieser Bücher in der Truhe«, antwortete Amia, die weiter hindurchblätterte.

Myrkvi nahm das Buch und schaute hinein.

»Das ist die alte Sprache der Alben. Mein Vater lehrte sie mich einst«, murmelte er, woraufhin Kaarina zustimmend nickte. Kaum einer konnte diese Sprache lesen, schreiben oder sprechen. Myrkvi sah zur Seite und erblickte die Truhe, in der ein ganzer Stapel dieser Bücher war.

»Das wird ewig dauern, die alle zu lesen! Ich schlage vor, dass wir nur die Ältesten nehmen«, meinte er dann, während er die neu aussehenden Bücher direkt zur Seite legte. Erst ganz unten fand er ein Tagebuch, das schon fast aus seiner Bindung fiel. Myrkvi nahm es, um es durchzublättern. An einer Stelle blieb er stehen und las vor.

»Sie haben mich betrogen. Sie haben Eilen und Jalo getötet, zwei der wichtigsten Alben in meinem Leben. Warum nur habe ich diesen Pakt geschlossen? Was soll ich Myrkvi erzählen, wenn er eines Tages nach seiner Mutter fragt?«, las Myrkvi vor, während Amia sich neben ihn stellte. Kaarina stand hingegen schweigend da und hörte zu. Sie kannte die Geschichte schließlich nicht und war schockiert, dass Myrkvis Vater den Tod ihres Vaters zu verantworten hatte.

Myrkvi blätterte ein wenig weiter.

»Ein Dunkelalb. Das bin ich nun, ebenso mein Sohn und meine treuen Untertanen. Alvina hat mich wirklich verflucht. Ihre Worte werde ich niemals vergessen.

Hépþzþatnr aþnt vaðnðaz
Kévþyðþatsr aðz anðliþaz,

snútzþatnr méðnz jǫrðzðaz,
héirzðþatsr aþnt áilzðrðaz.
Þzarrðrasr,
kennuzþatsr núðn hvátzr féþa.
Samazgingsr eþ,
samazleiðsr hvátzr,
synijðnr eþ vináðzaða
þrezþnr hvátzr sinþurnðþaz
ðelkþaðrasr fǫrúðþa.
Alþursr okþ fráþarþa.

Im Wasser gebunden, durch Luft ermächtigt.
Mit Erde gewunden, im Feuer gefestigt.
Wird gebannt,
was nur Eigennutz gekannt.
Wenn zusammenfindet, was zusammen gehört,
wenn Freundschaft vereint, was Egoismus zerstört,
wird schwinden die Finsternis und Liebe kehrt ein.«

»Was kann das bedeuten?«, fragte Amia, während sie
Myrkvi und Kaarina fragend ansah. Doch diese wussten
keine Antwort.

»Alvina hat gesagt, wie man den Fluch lösen kann, es
steht hier. Aber ich verstehe es nicht. Verdammt! Wir
haben keine Zeit, um ewig zu überlegen! Wer weiß, wie
lange Lyra die Schattenwesen noch aufhalten kann!
Sicher stehen die Feinde schon direkt vor unseren Toren
und greifen an, während wir hier stehen und grübeln!«,
fluchte Myrkvi und fuhr sich verzweifelt mit der Hand
durchs Haar.

»Myrkvi! Es bringt nichts, jetzt den Verstand zu
verlieren. Wir müssen ruhig bleiben. Zeile für Zeile
durchgehen und darüber nachdenken, was es bedeuten
könnte. Übersetz es mir! Schreib es mir bitte auf! Dann
kannst du zu Lyra und ihr helfen. Ich werde mit Kaarina

und Ylvi hierbleiben und versuchen, das Rätsel zu lösen. Du kannst ihnen dort draußen mehr helfen als ich«, meinte Amia dann ruhig und legte eine Hand auf seinen Arm. Myrkvi sah sie intensiv an, ehe er schließlich schweigend nickte. Wie schaffte sie das nur immer? Er war am Verzweifeln, am Durchdrehen! Amia sagte ein paar Worte, gab ihm eine kurze Berührung und schon war er wieder ruhig.

Kurzerhand nahm Myrkvi sich etwas zum Schreiben und schrieb für Amia den Fluch auf, während Kaarina noch immer versuchte, das Gehörte zu verarbeiten. Als er sich abwandte und gehen wollte, hielt Amia ihn fest.

»Bitte pass auf dich auf! Ich könnte es nicht ertragen, wenn dir oder Lyra etwas passiert! Oder Aleksi«, bat sie. Myrkvi konnte in ihrem Blick eine leichte Panik erkennen, da konnte er gar nichts anderes tun, als sie in den Arm zu nehmen und fest an sich zu drücken.

»Keine Angst, kleine Amia. Ich werde auf mich und deine Schwester Acht geben. Was Aleksi angeht ... Der kann schon auf sich selbst aufpassen«, flüsterte er ihr zu und gab ihr einen Kuss auf die Stirn, ehe er sich endgültig abwandte.

## Kapitel 18

### Der finale Kampf

Myrkvi verschwand hastig aus dem Zimmer seines Vaters. Er musste Abstand zwischen sich und Amia bringen, bevor er es sich anders überlegte und einfach bei ihr blieb. Zu groß war die Verlockung, einfach zurückzugehen, sie wieder in seine Arme zu schließen und fest an sich drücken. Sollte die Welt da draußen doch untergehen, Hauptsache er konnte mit Amia zusammen sein.

Nein!

Myrkvi schüttelte den Kopf, beschleunigte seine Schritte und rannte nun förmlich über die Gänge. Draußen angekommen, hörte er bereits Schreie. Die Krieger kämpften tapfer, versuchten, die Schattenwesen in Menschengestalt mit ihren Schwertern und Pfeilen zu töten. Doch immer, wenn sie einen Treffer landeten, lösten die Schattenwesen sich wieder in ihre Schattengestalt auf und kamen so ohne Schaden davon. Mit hastigen Blicken suchte er nach dem flammend roten

Haar von Lyra, und da! Da war sie! Schnell lief Myrkvi zu Lyra und Aleksi, von wo aus er zahlreiche Schattenwesen sehen konnte, die Lyra mit einer Wand aus Feuer abwehrte und mit dem Licht des Feuers tötete. Aleksis Eismauer spiegelte das helle Licht, sodass sie viel mehr Schattenwesen töten konnten.

»Wo ist Amia? Konntet ihr etwas rausfinden?«, rief Aleksi ihm zu, woraufhin Myrkvi nickte.

»Wir haben Tagebücher von meinem Vater gefunden. Darin steht auch der Fluch, mit dem deine Mutter meinen Vater damals belegte. Amia versucht nun mit deiner Schwester hinter die Bedeutung zu kommen, denn der Fluch beinhaltet auch die Lösung, wie er wieder zu brechen ist. Ich kam her, um euch zu helfen, schließlich kann ich mein Volk und euch nicht alleine kämpfen lassen«, fasste der Dunkelalb zusammen. Aleksi nickte.

»Lyra schlägt sich gut, aber es sind zu viele. Ich habe ihr schon Energie von mir übertragen, doch reichen wird es bei weitem nicht. Sieh nur, wie viele es sind! Hoffentlich findet Amia schnell heraus, wie der Fluch zu brechen ist. Schließlich bedrohen euch diese Wesen erst, seit es den Fluch gibt«, erwiderte Aleksi und Myrkvi schaffte es, zu lächeln. Freundschaftlich legte er eine Hand auf Aleksis Schulter.

»Gemeinsam werden wir es schon irgendwie schaffen«, sagte der Dunkelalb zuversichtlich, woraufhin Aleksi diese freundschaftliche Geste erwiderte.

Amia blickte zur Tür, durch welche Myrkvi soeben verschwunden war. Am liebsten wollte sie ihm nachlaufen und mit ihm und Lyra einfach fliehen. Aber nein, sie durfte nicht so egoistisch sein. Sie musste herausfinden, wie man diesen Fluch brach, damit sie die Alben endlich erlösen konnte.

Also setzte sie sich an den kleinen Tisch, der an der Wand stand. Dort las das Geschriebene erneut vor, nachdem sie auf Kaarinas Bitten hin die Geschichte des Paktes kurz zusammengefasst hatte. Immer wieder lasen die zwei nun die Zeilen.

»Könnte es sein ...«, murmelte Kaarina nachdenklich, woraufhin Amia sie fragend ansah.

»Was? Erkläre es mir!«, bat Amia, während Kaarina noch nachdachte. Schließlich nickte Kaarina.

»Du sagtest, dass Ragn damals diesen Pakt einging, ohne an die anderen zu denken. Er hat egoistisch gehandelt. *Wenn zusammenfindet, was zusammen gehört, wenn Freundschaft vereint, was Egoismus zerstört, wird schwinden die Finsternis und Liebe kehrt ein.* Das bedeutet, dass ihr zusammenbringen müsst, was Ragn damals mit seinem Egoismus trennte. Die Alben. Aleksi und Myrkvi. Sie waren immer verfeindet, konnten nun aber das Kriegsbeil begraben. Aber es muss richtig passieren. Sie müssen wie damals Freunde sein und die Alben sollten nicht mehr zwischen Licht- und Dunkelalben unterscheiden«, erklärte sie ruhig. Amia blickte erneut auf die von Myrkvi geschriebenen Zeilen. Ging nochmal alles durch. Zeile für Zeile. Wort für Wort und plötzlich ergab alles einen Sinn!

Aufgeregt sprang Amia auf, lief die Gänge entlang und ließ Kaarina zurück. Sie rannte, so schnell sie konnte hinaus über den Innenhof hinauf zur Mauer. Dort konnte sie sehen, wie Aleksi und Myrkvi gerade Freundschaft schlossen, während Lyra die Burg mit einer Wand aus Feuer verteidigte. Aleksi hatte eine dicke Eismauer erschaffen, die das Licht von Lyras Feuer tausendfach widerspiegelte und so noch mehr Schattenwesen abhielt.

»Myrkvi! Ich habe es!«, rief sie freudig, wobei sie auf die drei zulief. Aleksi drehte sich zu ihr um, während Myrkvi den Blick hob und Lyra zur Seite sah. Doch bevor

Amia bei ihnen ankam, erschien ein riesiger Schatten. Es war der Gleiche, der sie damals entführt hatte, der Anführer. Er konnte selbst von Lyras Feuer nicht aufgehalten werden, hatte bis eben über seiner Armee geschwebt und sie immer wieder ermuntert, anzugreifen. Nun hatte er seine Schwingen ausgebreitet, um Amia daran zu hindern, den Fluch zu brechen.

Amia stoppte schockiert die Augen, als der Schattenkönig ein Schwert aus schwarzen Flammen zog und es ihr durch die Brust bohrte.

»AMIA!«, brüllte Myrkvi, ehe er zu ihr rannte. Der Schattenkönig drehte sich böse grinsend zu ihm um, bevor er zu seiner Armee zurückkehrte. Er hatte seinen Lohn für die Verluste seiner Schatten bekommen. Der Kampf allerdings würde noch nicht zu Ende sein, schließlich würden die Alben ihn und sein Volk auch weiterhin bekämpfen.

Myrkvi warf sich bei Amia auf die Knie und nahm sie vorsichtig in die Arme.

»Amia ... du darfst nicht sterben«, weinte er, aber Amia hielt ihn auf.

»N-nein! Hör z-zu«, machte sie ihm klar, denn sie musste ihm unbedingt mitteilen, was sie herausgefunden hatte. Myrkvi war wie gelähmt, nickte jedoch und streichelte ihr sanft über die Wange.

»Der Egoismus deines Vaters ... er hat alles zerstört! Wir v-vier, die Elemente ... wir müssen unsere Feindschaft zur Seite legen«, erklärte sie ihm, bevor sie erschöpft die Augen schloss. Die Wunde in ihrer Brust war recht groß und sie mussten schnell handeln. Denn wenn sie starb, dann konnten sie die Elemente nicht mehr zusammen bringen.

»Wenn zusammenfindet, was zusammen gehört,
wenn Freundschaft vereint, was Egoismus zerstört,
wird schwinden die Finsternis und Liebe kehrt ein.

Myrkvi, du und Aleksi! Ihr wart wie Brüder und das müsst ihr wieder werden. Dann müssen wir unsere Kräfte bündeln, nur so können wir den Fluch brechen und die Schattenwesen besiegen. Lass sie kommen! Es ist egal. Entweder werden wir untergehen, oder wir sind erfolgreich und werden die Schattenwesen besiegen«, erklärte sie kraftlos. Myrkvi liefen die Tränen über die Wangen, er wollte Amia nicht verlieren, aber zweifellos würde sie dies nicht überstehen.

»Bitte, Myrkvi! Lass mich nicht auf einem Schlachtfeld sterben! Lass mich meine letzte Kraft aufwenden, um euch den Frieden wiederzubringen«, bat Amia eindringlich, denn Myrkvi bewegte sich nicht. Mit Tränen in den Augen sah er sie an und nickte schließlich. Behutsam setzte er sie auf, lehnte Amia mit dem Rücken an die Mauer, ehe er zu Aleksi und Lyra eilte.

Auch Lyra wollte zu ihrer Schwester laufen, aber Aleksi hielt sie auf.

»Nein! Wenn du jetzt zu ihr gehst, verschwindet dein Feuer und die Schattenwesen erstürmen die Burg«, wies er sie zurecht. Lyra weinte vor Verzweiflung, blieb aber, wo sie war. Tröstend nahm Aleksi sie in den Arm. Sie mussten jetzt alle zusammenhalten und er wusste, wie sehr Myrkvi Amia liebte. Er würde alles tun, um Amia zu retten. Also blieb er bei Lyra und half ihr, indem er ihr weiterhin seine Energie zukommen ließ, bis Myrkvi zu ihnen stieß.

»Ihr müsst mitkommen! Amia hat herausgefunden, wie man den Fluch brechen kann. Kommt«, forderte er die beiden auf. Sofort folgten sie ihm. Aleksis Mauer blieb noch bestehen, ebenso stark wie zuvor. Aber Lyras Feuerwand wurde schwächer, sobald sie die Konzentration verlor. Als sie bei Amia ankamen, knieten sich alle drei zu ihr. Inzwischen war sie weiß im Gesicht, ihr Kleid blutgetränkt.

»Wir haben keine Zeit mehr ...«, krächzte sie, während Lyra aufschluchzte. Sie wollte ihre Schwester nicht verlieren. Schließlich gehörten sie beide doch zusammen, noch nie waren sie getrennt gewesen.

Amia griff nach Myrkvis und Aleksis Hand. »Ihr müsst euch versöhnen. Ihr seid Brüder. Damals seid ihr es gewesen und ihr müsst wieder dazu werden«, murmelte sie schwach und die beiden Albenmänner sahen einander an. Zuerst regungslos und stumm, dann aber nickten sie.

»Nie wieder werden wir uns bekämpfen. Wir sind eine Familie. Seite an Seite werde ich mit dir kämpfen und wenn nötig sterben«, sprach Aleksi ruhig, wobei er Myrkvis Hand drückte. Der Dunkelalb erwiderte den Händedruck.

»Gemeinsam bringen wir unsere Völker wieder zusammen«, sagte er ruhig. Amia lächelte und nahm Lyras Hände.

»Wir werden immer Schwestern sein. Du bist nun dort, wo du hingehörst. Ich liebe dich«, flüsterte sie, doch Lyra schluchzte erneut auf.

»Amia! Ich will dich nicht verlieren«, weinte sie und nahm ihre sterbende Schwester in den Arm. Amia erwiderte die Umarmung schwach.

»Sei nicht traurig. Ich werde immer bei dir sein und mit Mama und Papa über dich wachen«, sagte sie leise, ehe sie ihre und Lyras Hände zu jenen von Myrkvi und Aleksi führte. Lyra weinte heftig, war nun aber bereit, Amia gehen zu lassen. Sie wusste, dass es sich nicht mehr verhindern ließ.

Kurz darauf erschien dort, wo sich die Hände berührten, ein gleißendes Licht. Es wurde immer größer und größer, bis es in etwa die Größe eines Kürbisses erreicht hatte. Explosionsartig zerstob der Lichtball in alle

Himmelsrichtungen, wobei er Aleksi umwarf, der Lyra schützend in seine Arme schloss. Myrkvi drückte Amia an sich.

Einen Moment verharrten die Vier auf diese Weise, bevor sie merkten, dass es plötzlich ruhig war. Langsam erklang ein Jubeln von den Alben, welches immer lauter wurde. Vorsichtig erhoben sich Lyra und Aleksi, schauten über die Mauer und trauten ihren Augen kaum.

»Die Schattenwesen! Sie sind alle besiegt«, flüsterte Lyra und sah freudig zu den anderen. Doch schnell wurde aus der Freude große Trauer, denn Amia lag leblos in Myrkvis Armen und tat keinen Atemzug mehr.

»Sie ist tot!«, schluchzte Myrkvi, wobei die Tränen über sein Gesicht liefen. Weinend und vor Verzweiflung schreiend kniete Lyra sich neben ihn und ergriff die Hand ihrer Schwester.

»Sie hat sich geopfert, um uns alle zu retten. Wir verdanken ihr alles«, sagte Aleksi ruhig, während er tröstend eine Hand auf Lyras Schulter legte.

»Weint nicht um mich, es geht mir gut!«, rief Amia, doch die anderen konnten sie nicht hören. Sie schwebte über ihrer Schwester und den beiden Alben, konnte nur dabei zusehen, wie sie um sie trauerten.

»Élþskasr þíþ egþ! Néðréðsasráþ    deijǫðsr þúþ«, klagte Myrkvi, woraufhin Aleksi ihn voller Mitleid ansah.

»Aber Myrkvi! Ich bin hier! Lyra! Schaut doch!«, versuchte Amia weiter die anderen zu rufen, doch niemand schien sie zu hören. Denn noch immer weinten und trauerten die drei, während sie neben ihrem leblosen Körper knieten.

»Sie können dich nicht hören. Du bist tot und gehörst nun einer anderen Welt an.«

Erschrocken wirbelte Amia herum, ehe sie vier Gestalten sah. Ragn war eine von ihnen, doch die anderen drei kannte sie nicht, auch wenn sie ihr bekannt vorkamen.

»Hab keine Angst. Ich bin Myrkvis Mutter. Dies ist mein lieber Schwager Jalo und meine beste Freundin Alvina«, stellte sich die dunkelblonde Frau vor. Amia musterte die drei Fremden genauer und nun erkannte sie, die Ähnlichkeit zu Myrkvi und Aleksi. Myrkvi hatte ganz eindeutig die Augen seiner Mutter und Aleksi kam hingegen nach seinem Vater. Jedoch hatte er das strahlende Blond seiner wunderschönen Mutter.

»Wollt ihr ... mich abholen?«, fragte Amia unsicher und sah hinunter zu ihrer Schwester. Zu Aleksi und Myrkvi, der immer wieder die Worte in Albensprache wiederholte.

»Was sagt er da?«, fragte Amia, während sie die vier ansah.

»Myrkvi sagt, dass er dich liebt und dir nicht erlaubt, zu sterben«, übersetzte Ragn, der einen Schritt auf Amia zukam. Diese wich jedoch zurück, denn sie hatte nicht vergessen, was sie wegen ihm hatte durchleiden müssen. Doch es erwärmte ihr Herz, dass Myrkvi sie wirklich liebte. Ragn bemerkte ihre Scheu und blieb stehen.

»Wir möchten, dass unser Sohn glücklich ist und auch Aleksi soll sein Glück finden. Deswegen sind wir hier. Wir werden unsere Magie vereinen und dich damit zurück ins Leben schicken«, erklärte er kurz und sah Amia in die Augen. »Bitte sag meinem Sohn, dass es mir sehr leid tut. Ich habe viel Unrecht über viele unschuldige Alben gebracht. Ihn und seinen besten Freund zu Feinden gemacht. Aber du hast es geschafft, dass alles wieder zusammen findet, was zusammen gehört. Dafür danke ich dir sehr«, fuhr er fort, woraufhin er den Kopf senkte. Amia sah zu Myrkvi, der noch immer weinend ihren Körper in seinen Armen hielt. Lyra und Aleksi trauerten ebenso, wobei Lyra sich in Aleksis Arme geworfen hatte und an seiner Brust bitterliche Tränen vergoss.

»Bitte sage Aleksi und Kaarina, dass wir sie beide sehr lieben und immer über sie wachen werden. Wir sind so stolz auf unsere Kinder und auch auf unsere Enkelin«, bat Alvina Amia, welche nickte.

»Ich werde ihnen sagen, dass ihre Eltern sie sehr lieben. Danke, dass ich euch kennenlernen durfte und dass ich von euch noch eine Chance bekomme«, antwortete sie den Alben lächelnd. Diese nahmen einander nun an den Händen, so wie es vorhin mit Myrkvi, Lyra, Aleksi und Amia getan hatten. Dann schlossen sie konzentriert die Augen.

Myrkvi fühlte sich, als hätte man ihm das Herz aus der Brust gerissen. Amia war tot und er konnte ihr nicht mehr sagen, dass er sie liebte. Aber hätte er das überhaupt zustande gebracht? Denn egal, wie sehr er Amia liebte, er war noch immer an Lyra gebunden.

»Amia ... Élþskasr þíþ egþ«, schluchzte er immer wieder, in der Hoffnung, dass sie irgendwann aufwachen würde.

Dann, ganz plötzlich, schlug Amia die Augen auf und schnappte hektisch nach Luft. Keuchend setzte sie sich auf, wobei sie versuchte, zu Atem zu kommen. Myrkvi konnte seine Augen kaum trauen. Amia war wieder am Leben! Sie war hier und nicht bei ihren Ahnen in der Totenwelt. Auch Lyra sah ihre Schwester mit großen Augen an, ehe sie ihr schluchzend um den Hals fiel.

»Amia! Du lebst!«, weinte sie und drückte ihre Schwester fest an sich.

»Lyra, lass sie doch erst zu Atem kommen! Dann kann sie uns vielleicht auch erzählen, wie das möglich ist«, ermahnte Aleksi sie sanft, wobei er Lyra ein wenig von ihrer Schwester wegzog.

Amia lächelte selig und schmiegte sich in Myrkvis Arme.

»Eure Eltern«, begann sie leise zu erzählen. »Sie waren hier, haben über uns gewacht. Ich soll euch sagen, dass sie euch sehr lieben und stolz auf euch sind. Myrkvi, dein Vater bittet dich um Vergebung. Er bereut wirklich sehr, was er getan hat. Er und deine Mutter sind wieder vereint. Ich denke, wenn deine Mutter ihm verzeihen konnte, dann kannst du das doch sicher auch, oder?«, fragte sie den Dunkelalben. Myrkvi zögerte.

»Ich weiß nicht, ob ich ihm so einfach verzeihen kann. Schließlich hat er und alle hintergangen und jahrelang belogen. Er hat dich und uns alle in große Gefahr gebracht. Aber ... wenn er wirklich dabei geholfen hat, dich ins Leben zurück zu holen, dann wird es mir sicher leichter fallen, ihm irgendwann zu verzeihen. Zum jetzigen Zeitpunkt kann ich das allerdings noch nicht. Zu groß ist der Schmerz um seinen Verrat an unserem Volk«, sagte er, woraufhin Amia nickte. Sie konnte ihn gut verstehen, denn der Verrat ging wirklich tief. Doch wenigstens war Myrkvi dazu bereit, seinem Vater irgendwann zu verzeihen.

»Nun hat doch noch alles ein gutes Ende genommen«, sagte Lyra begeistert, ehe sie ihre Schwester abermals umarmte. Diesmal erwiderte Amia die Umarmung und drückte ihre Schwester sanft. Ja, nun war alles gut.

## Kapitel 19

### Die Hochzeit

Die Kämpfe waren vorbei, die Schattenwesen besiegt. Die Dunkelalben konnten ihr Land neu aufbauen, mit Myrkvi als ihren neuen König. Schon bald sollte er offiziell gekrönt werden und die Nachfolge seines Vaters antreten, doch vorher stand noch ein anderes, sehr wichtiges Ereignis an: die Hochzeit von Myrkvi und Lyra am Tag des Fruchtbarkeitsfestes.

Unschlüssig stand Myrkvi vor einem großen Spiegel und betrachtete sich in seiner Uniform, die er zur Hochzeit tragen wollte. Die Zweifel in seinen Augen waren nur zu deutlich zu sehen. War es wirklich das Richtige, was er hier tat? Konnte er Lyra wirklich heiraten, wenn sein Herz einer anderen gehörte?

Ein Klopfen an der Tür riss ihn aus seinen trüben Gedanken.

»Ja?«, rief er und die Tür öffnete sich. Herein kam Amia, die wunderschön aussah. Sie trug ein langes zartgrünes Kleid, das mit Blumen und Perlen bestickt war. Am liebsten hätte er sie einfach in seine Arme gezogen und geküsst, doch als zukünftiger König der Dunkelalben konnte er einen Pakt nicht brechen. Nein, er musste ein Vorbild sein und sein Wort halten und genau das würde er auch tun. Anstatt seinem Herzen zu folgen, würde er Lyra heiraten. So war es vertraglich festgehalten.

»Gut siehst du aus«, sagte Amia leise, während sie wehmütig auf ihren Prinzen zutrat. Sie wusste, dass sie nicht Sein werden konnte, denn er gehörte zu Lyra. Sie selbst würde Aleksi heiraten und im Reich der Lichtalben Königin werden. Dies würde einen dauerhaften Frieden der Alben gewährleisten, auch wenn Myrkvi und Aleksi inzwischen wieder wie Brüder waren.

»Alles ist bereits fertig, sie warten nur noch auf den Bräutigam. Also wollte ich nachsehen, wo du bleibst. Ob du noch hier bist oder kalte Füße bekommen hast«, erklärte sie und Myrkvi wandte sich ihr nun vollends zu. Langsam hob er eine Hand, mit welcher er ihr zärtlich über die Wange streichelte.

»Wie sehr ich mir wünschte, du wärst die Erstgeborene ... Alles in mir sehnt sich nach dir. Aber ich kann dem nicht nachgeben, das weißt du. Als König muss ich meinem Volk ein gutes Vorbild sein«, antwortete Myrkvi, sagte dies aber eher zu sich selbst als zu Amia. Wenn er sich das nicht regelmäßig selbst sagte, würde er vermutlich doch noch schwach werden.

»Du wirst deinem Volk ein guter König werden. Nun komm, die Gäste warten bereits und du weißt ja, wie ungeduldig Lyra werden kann«, murmelte Amia, wandte sich von ihrem Prinzen ab, ehe sie verschwand.

Einen Moment noch stand Myrkvi da und starrte auf die Tür, durch die Amia soeben verschwunden war. Verdammte Verpflichtungen! Er wünschte sich, dass er diesen Handel niemals geschlossen hätte.

Lyra stand ebenfalls in ihrem Zimmer und betrachtete sich im Spiegel. Sie trug ein wunderschönes Brautkleid und ihre Haare waren kunstvoll geflochten, sogar glitzernde Steine waren in der Frisur verarbeitet worden. Aber das alles passte so gar nicht zu ihr! So hatte sie sich ihre Hochzeit auch nicht vorgestellt. Abgesehen davon, hatte sie sich ohnehin nie als Braut gesehen.

»Lyra«

Lyra schaute zur Tür und sah ihre Schwester, die ziemlich niedergeschlagen wirkte. Weshalb sie dies war, wusste Lyra.

Sofort trat sie auf Amia zu und nahm sie in den Arm. »Wir werden uns schon damit arrangieren. Irgendwie«, murmelte sie, wobei sie Amia sanft drückte. Diese schmiegte sich an ihre Schwester und nickte.

»Ja. Myrkvi wird dich sicher glücklich machen. Er kann dir alles bieten, was du je wolltest. Abenteuer. Keine Langeweile. Du wirst Königin werden.« Amia brach es das Herz, aber sie konnte ihrer Schwester nicht den Bräutigam nehmen. Myrkvi musste sein Wort halten, denn ein guter König brach niemals einen Handel.

»Komm, Lyra, du musst jetzt deinen Prinzen heiraten. Myrkvi wartet sicher schon auf seine wunderschöne Braut«, sagte Amia dann, wobei sie ihre Schwester ansah. Lyra konnte deutlich den Kummer in den Augen ihrer Schwester erkennen. Trotzdem nickte sie nur schweigend, nahm Amias Hand und verließ das Zimmer.

Gemeinsam gingen sie durch den langen Gang der Burg, bis sie beim großen Thronsaal ankamen, wo die Hochzeit stattfinden sollte. Alle waren bereits versammelt, sogar die Lichtalben waren gekommen. Ganz vorne wartete Myrkvi auf seine Braut. Bei ihm war Aleksi, der die Trauung durchführen sollte. In der ersten Reihe konnte Lyra Kaarina erkennen, zusammen mit ihrem Gatten und der kleinen Ylvi, die ein niedliches Kleidchen trug.

Vorne angekommen, übergab Amia ihre Schwester an Myrkvi, sah ihn noch einmal kurz an und setzte sich dann zu Kaarina. Ylvi quietschte munter, ehe sie Amia mit einem breiten Grinsen und Strahlen begrüßte. Armas kam nun auch dazu, er trug zur Feier des Tages ein Schleifchen um den Hals, was ihm aber nicht zu gefallen schien. Amia entlockten der grimmige Gesichtsausdruck und der vorwurfsvolle Blick ihres Katers ein kurzes Lächeln, ehe sie wieder nach vorn zu ihrer Schwester und Myrkvi schaute.

Myrkvi blickte Lyra schweigend an, nahm ihre Hände in seine und wartete darauf, dass Aleksi mit der Trauung begann. Erwartungsvolles Schweigen hing über der Halle, aber Aleksi schwieg. Er schien auf etwas zu warten und hatte Lyra dabei die ganze Zeit im Blick. Dass an der ganzen Szenerie etwas falsch war, konnte wohl jeder hier erkennen und trotzdem sagte niemand ein Wort.

Irgendwann räusperte Aleksi sich dann doch kurz, ehe er den Mund öffnete, um mit der Trauung zu beginnen.

»Ich kann das nicht!«, platzte es gleichzeitig aus Myrkvi und Lyra heraus. Überrascht starrte jeder im Saal auf die beiden.

Myrkvi grinste. Er gab Lyra einen Kuss auf die Wange, ehe er sich von ihr abwandte, auf Amia zuging und sich vor sie kniete.

»Amia! Wenn mich das zu einem schlechten König macht, dann bin ich eben ein schlechter König. Aber ich kann Lyra nicht heiraten, wenn mein Herz sich nur nach dir verzehrt. Ich bitte dich, werde meine Frau«, sagte er mit hoffnungsvollem Blick. Amia sah ihn ebenfalls an und wusste erst nicht, was sie sagen sollte. Natürlich schrie alles in ihr, einfach ‚Ja‘ zu sagen, doch sie war mit Aleksi verlobt und sie wollte keinen neuen Krieg zwischen den Albenvölkern herausfordern. Also hob sie den Blick in die Richtung von Aleksi und Lyra. Beide nickten nur und Lyra schaute Myrkvi an.

»Myrkvi? Ich entlasse dich hiermit aus deinem Pakt! Ich kann und werde dich nicht heiraten! Ich möchte dich bitten, meine Schwester glücklich zu machen und sie immer zu beschützen«, bat sie den Alben. Dann wandte sich Aleksi an Amia.

»Amia, ich löse unsere Verlobung, denn ich möchte gewiss keine Frau an meiner Seite, die einen anderen Mann liebt. Werde glücklich mit Myrkvi«, sagte er ruhig. Amia sah beide voller Dankbarkeit an, ehe sie überglücklich Myrkvi um den Hals fiel.

»Natürlich möchte ich deine Frau werden«, quietschte sie, bevor sie ihn küsste. Grinsend drückte Myrkvi seine neue Braut an sich und erwiderte ihren stürmischen Kuss nur zu gerne.

Lyra lächelte die beiden an und freute sich sehr für ihre Schwester. Amia hatte es verdient, glücklich zu werden, ebenso wie Myrkvi.

»Wie sieht es aus? Bereit, für das nächste Abenteuer? Ich habe gehört, die neue Welt der Alben soll allerhand Gefahren beherbergen« Lyra drehte sich überrascht zu Aleksi um, der eindeutig den Schalk im Blick hatte und ihr seine Hand darbot. Er schien es ernst zu meinen. Mit einem Lächeln ergriff sie diese und sofort zog Aleksi sie in seine Arme, um sie leidenschaftlich zu küssen. Amia überraschte dies nicht. Sie hatte mitbekommen, wie die zwei sich immerzu angesehen hatten. Auch Myrkvi und Aleksis Familie schienen wenig überrascht zu sein. Die Alben hingegen jubelten und freuten sich für ihre Anführer, dass diese ihr Glück gefunden hatten.

Myrkvi war überglücklich, stand zusammen mit Amia auf und sah die Dunkelalben im Saal an, die nun verstummten.

»Werdet ihr mich als euren König akzeptieren, wenn ich meinem Herzen folge, anstatt einen Handel auszuführen, der seit fast 20 Jahren besteht?«, fragte er, wobei er Amia sanft an sich drückte. Die Dunkelalben hatten jeden Grund, ihn nicht zu akzeptieren. Doch anstatt ihn abzulehnen, standen sie auf und jubelten ihm zu. Grinsend sah er wieder seine Liebste an und gab ihr einen liebevollen Kuss.

Sobald Lyra auf ihrem Platz saß, begann Aleksi mit seiner Traurede. Doch weder Amia noch Myrkvi hörten ihm zu, viel zu sehr waren sie damit beschäftigt, einander anzusehen und anzustrahlen.

Erst als Aleksi sich merklich räusperte, blickte Myrkvi fragend auf.

»Dein Gelübde«, flüsterte er ihm zu und Myrkvi wirkte peinlich berührt. Schweigend nahm er den Ring vom Kissen und wandte sie Amia zu, die ihn erwartungsvoll anblickte. Was sollte er sagen? Das vorbereitete Gelübde für Lyra passte nicht mehr. Also musste er sich etwas ausdenken.

»Amia«, begann er mit einem nervösen Blick auf seine Braut. »Ich hätte nie damit gerechnet, dass eine Frau so mein Herz berühren kann, wie du es tust. Du hast Licht in mein Leben gebracht und das, obwohl ich zunächst nur Augen für deine Schwester hatte. Wann immer ich deine Hilfe brauchte, warst du für mich da, hast dich um mich gekümmert und warst mein ruhiges Gegenstück. Nun schwöre ich dir bei meinem Leben, dass ich dich immer beschützen werde, was auch kommen mag. Nie soll es dir an etwas fehlen, niemand soll dir ein Leid antun. Ich werde dich immer lieben und ehren, so gut es mir möglich ist«, sprach er, auch wenn das nicht ansatzweise ausdrückte, was er für sie empfand. Myrkvi streifte Amia den Ring an den Finger und sah sie dann an. Nun war sie an der Reihe.

»Mein Prinz ...«, setzte sie an und strich ihm sanft über sein rabenschwarzes Haar. »Ich werde dir nicht versprechen, dich immer zu lieben. Denn ich weiß, dass es ganz sicher Momente geben wird, in denen ich dich hasse und verfluche«, fuhr sie mit einem leichten Grinsen fort, wobei sie in Myrkvis nebelgrauen Augen blickte. »Aber ich verspreche dir, immer bei dir zu bleiben, dir durch schwere Zeiten zu helfen und dir immerzu mit meinem Rat zur Seite zu stehen. Ich werde immer hinter dir stehen und dich notfalls auf den Boden der Tatsachen zurückholen, wenn du zu übermütig werden solltest. Du wirst es nicht immer leicht mit mir haben, aber ich werde dir eine gute Ehefrau sein«, versprach sie ihm lächelnd, während sie ihn mit leuchtenden Augen ansah.

Aleksi wartete, bis Amia Myrkvi seinen Ring an den Finger gestreift hatte, dann fuhr er fort.

»Ich erkläre euch hiermit zu Ehemann und Ehefrau. Das Band der Liebe wird euch zusammen halten. Du darfst deine Braut nun küssen«, sagte er, was sich Myrkvi natürlich nicht zweimal sagen ließ. Er zog sie in seine Arme und küsste sie, bis beide nach Atem rangen.

## Kapitel 20

### Die Krönung

Nur drei Tage nach der Hochzeit war die Krönung. Der Tag, an dem Myrkvi den Platz seines toten Vaters einnehmen würde, um mit Amia an seiner Seite über die Dunkelalben zu regieren. Außerdem wollten sie heute auch endlich die Mauer zwischen den Albenreichen zerstören.

Nervös stand er, wie schon am Tag der Hochzeit, vor dem Spiegel und betrachtete sich ausgiebig. Immer wieder zupfte er imaginäre Fussel weg.

»Du siehst gut aus, mach dir nicht so viele Gedanken.« Mit einem Lächeln trat Amia neben ihren Gatten, legte eine Hand auf seine Schulter und gab ihm einen Kuss. Myrkvi war wirklich froh, sie zu haben, denn Amia schaffte es immer, ihn wieder zu beruhigen.

»Vermutlich hast du Recht. Wie immer«, erwiderte Myrkvi mit einem Schmunzeln, ehe er Amia in seine Arme zog. »Ich bin wirklich froh, dass ich dich geheiratet habe, du passt viel besser an meine Seite. Ich bin aber gespannt, wie sich das zwischen deiner Schwester und Aleksi weiter entwickelt«, fuhr er amüsiert fort und musterte seine Prinzessin. Sie trug zur Krönung ein hellblaues Seidenkleid, das an den Schultern von zwei Silberspangen zusammengehalten wurde. Es passte wunderbar zu Myrkvis dunkler Uniform, die mit dem dunklen und schimmernden Harnisch an eine Rüstung erinnerte. Dazu trug er hohe Lederstiefel und einen langen Umhang mit Schulterplatten. Unter dem Umhang hing sein Schwert, welches zuvor seinem Vater gehört hatte. Es war eines der königlichen Symbole.

»Langsam sollten wir in den Thronsaal gehen. Sicher warten schon alle auf dich«, sagte Amia schließlich, doch Myrkvi stahl sich noch einen Kuss.

»Auf dich warten sie auch. Schließlich wirst du ihre neue Königin sein«, erwiderte er, ehe er ihr mit einem breiten Lächeln den Arm anbot. Amia hakte sich bei ihm unter und gemeinsam gingen sie los zum Thronsaal.

Dort angekommen, sahen die zwei, dass alles voll mit Dunkel- und Lichtalben war. Die großen Flügeltüren an den Seiten, die nach draußen führten, standen weit offen und Amia erkannte dort noch mehr Alben. Hatten sich hier etwa alle versammelt?

Auch Myrkvi war über all die Gäste überrascht, jedoch ließ er sich nichts anmerken. Aufmunternd sah er Amia an, ehe er mit ihr den Gang nach vorne entlangschritt, wo bereits Aleksi und Lyra warteten. Aleksi würde ihm und Amia heute die Krone als Zeichen des Friedens überreichen.

Vorne angekommen, schauten Amia und Myrkvi Aleksi kurz an, ehe sie beide vor ihm knieten und die Köpfe neigten. Das alles waren sie am gestrigen Tag etliche Male durchgegangen, damit heute alles gut ging.

»Heute ist ein großer Tag«, sprach Aleksi. »Eine neue Ära beginnt, die Reiche der Alben sind wieder vereint und es wird Zeit, dass es auch wieder nur einen König gibt, so wie in alten Zeiten«, sagte er und nun sahen Amia und

Myrkvi doch auf. Überrascht blickten sie Aleksi an, denn sie beide kannten seine Rede inzwischen auswendig und dies gehörte definitiv nicht dazu! Aber Aleksi ließ sich nicht von den Blicken beirren, sondern sprach ruhig weiter.

»Heute wird Myrkvi, Prinz der Dunkelalben, nicht nur zum König der Dunkelalben gekrönt. Nein, ich selbst gebe meine Krone ab und gebe mein Volk ebenfalls in die Obhut Myrkvis«, sprach er laut weiter. Nach diesem Satz machte er eine kurze Pause, in der die versammelten Alben applaudierten. Myrkvi konnte das nicht fassen. Aleksi vertraute ihm sein Reich an? Damit hatte er nun wirklich gar nicht gerechnet!

Sobald die Alben im Saal wieder verstummt waren, fuhr Aleksi mit seiner Rede fort. Lyra trat neben ihn, in ihren Händen hielt sie ein blaues Kissen aus Samt, darauf lagen zwei neugeschmiedete Kronen aus Gold, die mit Edelsteinen besetzt waren.

Aleksi sprach nun etwas in der alten Sprache, wovon Amia nichts verstand. Trotzdem lauschte sie gespannt, bis Aleksi schließlich nach der Königskrone griff und sie Myrkvi auf den Kopf setzte. Dann sagte er noch etwas und setzte auch Amia ihre etwas kleinere Krone auf.

»Myrkvi und Amia. Mögen sie das Volk der Alben in eine neue Zeit führen«, beendete Aleksi seine Rede, als sich Amia und Myrkvi unter tosendem Applaus erhoben.

Nach der Krönung versammelten sich die Alben im zerstörten Innenhof, vor welchem sich die Mauer mit dem Portal zum Lichtalbenreich befand. Die Burg hatte bei dem großen Kampf wirklich einiges abbekommen.

Aleksi, Myrkvi, Lyra und Amia stellten sich direkt vor das Portal, positionierten sich im Kreis und nahmen einander bei den Händen. Erwartungsvoll sahen die vier sich an, ehe sie die Augen schlossen und sich konzentrierten. Kurz darauf erschien wieder ein helles Leuchten und mit einem Schlag war die Mauer verschwunden. Die gesamte Burg war fort, stattdessen standen sie auf dem Vorhof des Schlosses der Lichtalben. Sie hatten einen freien Blick auf weite Wiesen und einen großen Wald. Amia erkannte es sofort wieder, das Reich der Lichtalben war zu ihnen gekommen. Doch schien es sich mit dem Reich der Dunkelalben noch nicht zu vertragen, was kaum verwunderte. Hier hatte es bis eben kein Leben gegeben, die Erde war unfruchtbar. Die Blätter der Bäume begannen bereits zu welken und die Wiesen verdorrten.

»Da werden wir wohl noch etwas machen müssen«, meinte Aleksi nachdenklich. Myrkvi nickte zustimmend. Er sagte etwas in der alten Sprache und kurz darauf erhob sich ein kräftiger Wind, der all die schwarzen Wolken vertrieb. Nun schien die Sonne auf das gesamte Land nieder, nicht nur über dem Schloss. Aleksi trat hinaus auf die Wiese, kniete sich dort hin und berührte mit einer Hand das trockene Gras. Kurz darauf erschien in der Ferne ein Fluss, der sich über die Wiesen und durch den Wald schlängelte. Als Drittes war Amia an der Reihe. Sie kniete sich ebenfalls hin, platzierte eine Hand auf den Boden und schloss die Augen. Lyra legte eine Hand auf ihre Schulter und gab ihr zusätzliche Energie. Kurz darauf blühte alles wieder auf, stand in strahlendem Grün und auf der Wiese wuchsen zahlreiche Blumen.

»Schon viel besser«, sagte Myrkvi zufrieden. Nun war das Land wieder fruchtbar. Die Dunkelalben waren gänzlich von ihrem Fluch befreit und konnten ein neues Leben beginnen.

Myrkvi nahm Amias Hand und ging mit ihr ein paar Schritte, ehe er sich mit ihr zu den Alben umdrehte.

»Der heutige Tag wird in die Geschichte der Alben eingehen. Denn ab diesem Tag wird es keine zwei verschiedenen Völker mehr geben. Wir teilen uns nicht mehr in Licht- und Dunkelalben. Nein, von heute an sind wir *ein* Volk, so wie wir es einst vor 200 Jahren waren, bevor mein Vater den Fluch heraufbeschwor«, sprach er feierlich und sah sein Volk an. Zunächst blieb es noch ruhig, denn die Alben schienen noch wenig skeptisch zu sein, doch dann begannen Lyra und Aleksi zu klatschen. Kaarina, Zebe, Varg und Ylvi stimmten mit ein und kurz darauf jubelten alle dem neuen Königspaar zu. Sie freuten sich auf eine neue und vor allem friedliche Zukunft. Auch wenn sie nicht wussten, wie die Zukunft aussehen würde.

## Epilog

Fast ein Jahr war vergangen und Amia und Myrkvi waren den Alben gute Anführer. Trotz einiger Befürchtungen hatten die Lichtalben inzwischen Myrkvi und Amia als Herrscher akzeptiert. Allerdings gaben die zwei sich auch größte Mühe. In der ersten Zeit hatte es jeden Tag zahlreiche Treffen und Veranstaltungen gegeben, damit sie neue Kontakte knüpfen und die Lichtalben kennenlernen konnten. Als König und Königin brauchte man schließlich eine gute Verbindung zum Volk.

Doch in den vergangenen Wochen und Monaten war es deutlich ruhiger geworden und heute waren Amia und Myrkvi im Schloss geblieben. Amia fühlte sich nicht wohl, weswegen sie ein wenig Ruhe brauchte.

»Ich habe einen Brief von Lyra und Aleksi bekommen.«

Myrkvi, der gerade an seinem Schreibtisch saß und ein wenig las, blickte liebevoll zu Amia, die gerade am Fenster stand und einen Brief in der Hand hielt. Auf dem Fensterbrett saß eine graue Taube, die allerdings gerade wieder davon flatterte, weil sie Armas bemerkt hatte, der die Taube hungrig ins Visier genommen hatte.

»Lyra schreibt, dass sie und Aleksi gerade im Reich der Phönixe waren. Offenbar hat ein junger Phönix versucht, meine Schwester zu seiner Frau zu nehmen, aber Aleksi wurde furchtbar wütend und hat ihn eingefroren. Als Nächstes wollen sie zu unserem Zuhause bei den Menschen, um nach dem Rechten zu sehen. Aber bis zum Fruchtbarkeitsfest wollen sie wieder zurückkommen, damit sie bei dem großen Ereignis dabei sein können. Meine Schwester möchte es um nichts auf der Welt verpassen«, erzählte sie, ehe sie ihren Gatten glücklich ansah.

Mit einem Lächeln erhob sich der neue König der Alben, ging hinüber zu seiner Frau und nahm sie in den Arm, dabei legte er eine Hand auf ihren gewölbten Bauch.

»Ich werde es auch um Nichts auf der Welt verpassen. Absolut nichts könnte mich davon abhalten, bei der Geburt meines Kindes dabei zu sein«, antwortete er und küsste Amia voller Liebe, ehe sie sich in seine Arme schmiegte und mit ihm gemeinsam aus dem Fenster schaute.

Nach allem, was sie beide hatten durchmachen müssen, konnten sie endlich zusammen und glücklich sein. Eine Familie gründen und dafür sorgen, dass ihr Volk in Zukunft in Frieden leben würde.

# Ende

Wie es in Band 2 weitergeht

# Das erste Totenfest nach der Vereinigung der Albenreiche

Die Schilde zwischen den Albenländern waren gefallen, weshalb beide Völker nun wieder als ein vereintes Volk unter einem gemeinsamen König ein friedliches Leben führen konnten, ohne Fluch und ohne die Schattenwesen.

Das Land war in die Krone des Weltenbaumes Yggdrasil hinaufgezogen, das Reich der Schattenwesen hingegen lag nun dort, wo sich einst das Reich der Dunkelalben befunden hatte: Tief unter den Wurzeln des Baumes, der die Welten zusammenhielt.

Das Schattenreich war dem Totenreich sehr nahe. Kein Leben konnte dort heranwachsen und keine Fröhlichkeit die Gemüter erheitern. Alles war verdorben und böse.

Normalerweise ging es in den Ebenen dieser Welt ruhig zu, doch heute wurde Yggdrasil von einem Erdbeben nach dem anderen erschüttert. Alle fragten sich, was es wohl mit den Beben auf sich hatte, doch die Antwort war nur in den Tiefen der Schattenwelt zu finden. Denn heute wurde ihr neuer König geboren.

Lyff lag bereits seit vielen Stunden in den Wehen, denn sie gebar nicht irgendein Schattenkind, nein, es war der Sohn von Airikr, dem toten König der Schattenwesen. Seit einem halben Jahr war er nun schon tot, die Schattenwesen lebten seither ohne jede Führung. Doch all das würde sich heute ändern. Bald würde der neue König geboren sein und die Schattenwesen in eine neue, glorreiche Zukunft führen. Einen Namen hatte er bereits: Erik. Der Mächtige, der Große, der Alleinherrschende. Genau dies würde er auch sein. Mächtig, groß und der alleinige Herrscher über den Weltenbaum und die Wesen, die dort lebten. Wer sich ihm nicht beugte, würde sterben.

Lyff schrie erneut auf, die Wehen wurden stärker und kamen in immer kürzeren Abständen. Die Hebamme saß schon bereit und achtete darauf, dass alles nach Plan verlief.

»Ich habe diesem Mistkerl gesagt, dass er mich zu seiner Königin nehmen soll! Aber er musste ja unbedingt dieses

Mädchen haben und uns somit alle noch tiefer in die Verdammnis stoßen!«, regte Lyff sich auf. Sie verfluchte Airikr, denn er hatte sie verschmäht und nun war sie trotzdem gezwungen, seinen Sohn auf die Welt zu bringen. Jenen Sohn, den er noch vor der Entführung des Menschenmädchens in ihren Körper verpflanzt hatte, um ganz sicher zu gehen, dass sein Erbe weiterleben würde, sollten seine Pläne mit dem Menschenmädchen scheitern. Obwohl er sie nicht zu seiner Königin hatte machen wollen, willigte Lyff ein, denn sie hatte bereits geahnt, dass Airikr nicht gegen die Alben gewinnen würde und als Mutter des neuen Königs würde sie an die von ihr ersehnte Macht gelangen. Warum er ausgerechnet sie erwählt hatte, seinen Erben auszutragen, wusste sie nicht. Vermutlich einfach nur, weil sie gerade da gewesen war.

Um sicherzugehen, dass der zukünftige König auch wirklich bösartig sein würde, hatte sie während der Schwangerschaft die Tinktur des Bösen zu sich genommen. Ein Trank, gebraut aus jenen magischen Kräutern, die schwarze Magie innehatten und tödlich wirkten, wenn man sie nicht einzusetzen wusste.

»Gleich ist es soweit, den Kopf kann ich bereits sehen!«, sagte die Hebamme. Lyff fing an zu pressen, so stark sie nur konnte. Dabei schrie sie immer wieder auf und versuchte, dieses Kind endlich aus sich herauszubekommen.

Nach einer gefühlten Ewigkeit war es endlich soweit. Die Erde bebte tausendfach stärker als irgendein Beben zuvor und sie konnte das laute Plärren des Kindes hören. Erschöpft sank Lyff in die Kissen ihres Bettes, während die Hebamme das Kind säuberte und sich vergewisserte, dass es dem zukünftigen König gut ging.

Sobald sie ihre Arbeit verrichtet hatte, reichte sie der Mutter ihren Sohn, die ihn behutsam in den Arm nahm.

»Erik... Du wirst deinem Vater alle Ehre machen. Nun ist es an dir, die Alben zu vernichten und dir zurückzuholen, was dir zusteht. Räche die Gefallenen! Hole dir den Thron! Es ist deine Bestimmung, der alleinige Herrscher über alle Wesen dieser und aller anderen Welten zu sein, denn dein Vater war der einzig wahre König. Schon jetzt ist deine schwarze Magie so unfassbar mächtig, ich kann es in jeder Pore meines Körpers spüren!«, murmelte sie und wiegte den Kleinen ein wenig, damit er ruhig blieb. Er sah seinem Vater unfassbar ähnlich: Pechschwarzes Haar und blaue Augen, so dunkel wie der Himmel in der Nacht.

Sie empfand keine Mutterliebe für das Neugeborene, doch als Mutter war es ihre Pflicht, den Kleinen aufzuziehen und ihm alles beizubringen, was er wissen musste, um die Alben endgültig auszulöschen. Sie würde dem Kind zeigen, dass Gefühle wie die Liebe nicht existierten, sondern nur Macht und Schwäche demonstrierten. Schwäche durfte er sich niemals erlauben, sonst würde er wie sein Vater untergehen.

Die Hebamme nahm Lyff den kleinen Erik wieder ab.

»Er sollte keine allzu enge Bindung zu irgendjemandem aufbauen. Am besten ist er immer alleine, außer, wenn er Nahrung oder eine frische Windel braucht«, riet sie und wandte sich mit dem Baby auf dem Arm von Lyff ab. Das gefiel Erik jedoch gar nicht. Er mochte diese Frau nicht und fing fürchterlich an zu schreien. Die Hebamme ignorierte dies, denn sie war sich sicher, dass das Kind bald still sein würde. Doch Erik beruhigte sich nicht. Stattdessen setzte sich seine schwarze Magie frei und sie fing Feuer. Panisch schrie sie auf, ließ das Baby fallen und brannte weiter, bis sie sich schließlich auflöste und nur noch ein Haufen Asche übrig war. Erik hingegen verwandelte sich in einen tiefschwarzen Schatten, schwebte zurück zu seiner Mutter und sah sie aus großen, dunklen Augen an, als wäre nichts gewesen. Lyff war zutiefst erschrocken.

»Du hast sie umgebracht! Einfach so!«, flüsterte sie und fragte sich, ob sie vor ihrem eigenen Kind Angst haben sollte oder nicht. Auf jeden Fall aber wusste sie, dass man Erik wohl besser nicht reizen sollte und dass seine Macht schon jetzt sehr viel größer war als angenommen.

Lyff schluckte hart, sah auf ihren Sohn hinab und betrachtete ihn eine Weile, während sie ihre Kräfte sammelte. Dann erhob sie sich ein wenig wankend, bevor sie mit dem Neugeborenen auf den Balkon ging. Dort blieb sie stehen und konnte in den Innenhof der ehemaligen Dunkelalbenburg sehen, in dem sich die restlichen Schattenwesen versammelt hatten. Einige in ihrer menschlichen Gestalt, andere hatten ihre schwarze Schattengestalt angenommen.

»Schattenwesen!«, rief Lyff an die Menge gewandt, die erwartungsvoll zu ihr aufblickte. »Dies ist euer zukünftiger König, Erik der Mächtige! Nur wenige Momente nach seiner Geburt hat er nicht gezögert, ein Leben zu nehmen, was nur bedeuten kann, dass er seinem Vater in nichts nachsteht! Er wird eure Familien rächen! Er wird uns in eine glorreiche Zukunft führen! Seid geduldig und ihr werdet belohnt!«, sprach sie zum Volk, welches ihren Worten gebannt lauschte. Jeder von ihnen wollte sich an den Alben rächen, die ihnen alles genommen hatten. Besonders an jenem Alb, der den Pakt mit ihrem König gebrochen hatte und sie noch weiter ins Unglück gestürzt hatte. Erik entfachte in den Schattenwesen neue Hoffnung, dass Myrkvi und sein Volk bekamen, was sie verdienten. Schließlich hatten die Schattenwesen sich nichts zu Schulden kommen lassen, denn sie hatten sich all die Jahre an den Pakt gehalten, den Airikr einst mit Ragn geschlossen hatte: Mehr Abenteuer und großes Wissen gegen zwei Albenleben. Dass man ihn dann verflucht hatte, war nicht ihre Schuld gewesen und trotzdem hatten sie nun darunter zu leiden.

»Myrkvi wird für das büßen, was er uns angetan hat! Er und seine Frau, wir werden ihnen alles nehmen, so wie sie uns alles genommen haben! Wenn die Zeit gekommen ist, wird Erik der Mächtige uns alles zurückholen!«, feuerte Lyff die Menge an, welche laut jubelte und den kleinen Prinzen feierte, auf dessen Schultern schon jetzt die Last aller Schattenwesen ruhte.

Zufrieden lächelte Lyff. Sie drehte sich langsam wieder um und ging mit Erik auf dem Arm zurück in ihr Gemach, wo sie das Neugeborene in seine Wiege legte.

»Kleiner Prinz ... Du hast nun selbst gesehen, dass unser Volk seine ganze Hoffnung in dich legt. Man hat uns Unrecht zugefügt und du wirst das wieder gutmachen. Verbanne die Alben in diese schreckliche Welt und bringe uns unsere eigene Welt wieder zurück. Auch wenn es noch einige Jahre dauern wird, bis du voll ausgebildet sein wirst, bist du unser aller Hoffnung!«, flüsterte sie leise, während sie ihn sachte zudeckte. Der kleine Erik kuschelte sich tief in seine Decke, schloss die Äuglein und schlummerte friedlich ein. Lyff betrachtete ihn noch eine Weile. So wie er dort lag und schlief, mochte man kaum glauben, dass dieses neugeborene Baby in einigen Jahren ein gefährlicher Krieger werden würde. Und doch lag der Beweis in Form eines Aschehaufens keine zwei Schritte entfernt vor ihrem Bett. Unvorstellbar, dass er nur Minuten nach seiner Geburt das erste Mal getötet hatte. Es blieb nur zu hoffen, dass er später in seiner Trotzphase nicht das gesamte Volk auslöschte.

Müde und erschöpft legte Lyff sich noch ein wenig hin, um ebenfalls Kraft zu schöpfen. Doch lange schlief sie nicht, denn schon bald wurde sie von einem heftigen Erdbeben und dem Geschrei Eriks geweckt. Hastig sprang sie aus dem Bett, wankte hinüber zur Wiege, wobei sie versuchte nicht hinzufallen. Als sie sich der Wiege näherte, spürte sie eine starke, dunkle Aura um das Baby, die schnell ausströmte und sich verbreitete.

»Schhh, kleiner Prinz, ich bin hier!«, sprach sie beruhigend, wobei sie ihn auf den Arm nahm. Langsam beruhigte Erik sich wieder, die Erde hörte auf zu beben. Auch die dunkle Aura zog sich zurück.

Lyff wusste, dass es nicht einfach werden würde, das Kind des Bösen aufzuziehen, vielleicht war es auch ein Fehler gewesen, dieses Leben überhaupt zuzulassen. Und trotzdem ... Erik war die einzige Chance der Schattenwesen auf Rache und Vergeltung. Darauf, dass Myrkvi, seine Braut und die anderen bekamen, was sie verdienten.

# Runentabelle

Zur Zeit der Wikinger gab es noch keine Buchstaben, wie wir sie heute kennen. Sie verwendeten Runen.

Auch Amia musste diese Runen des alten Futhark lernen.

Hier für euch eine kleine Tabelle:

| Rune | ᚠ | ᚢ | ᚦ | ᚨ | ᚱ | ᚲ | ᚷ | ᚹ |
|---|---|---|---|---|---|---|---|---|
| Umschrift | f | u | þ | a | r | k | g | w |
| Name | *fehu" | *ūruz | *þurisaz | *ansuz | *raidō | *kauna"? | *gebō | *wunjō? |

| Rune | ᚺᚻ | ᚾ | ᛁ | ᛃ | ᛇ | ᛈ | ᛉ | ᛊ |
|---|---|---|---|---|---|---|---|---|
| Umschrift | h | n | i | j | ï | p | z (ʀ) | s |
| Name | *haglaz | *naudiz | *īsa" | *jēra" | *ei$^h/_waz$ | *perþō?? | *algiz?? | *sōwulō |

| Rune | ᛏ | ᛒ | ᛖ | ᛗ | ᛚ | ᛜ | ᛞ | ᛟ |
|---|---|---|---|---|---|---|---|---|
| Umschrift | t | b | e | m | l | ŋ | d | o |
| Name | *Teiwaz | *berkana" | *ehwaz | *mannaz | *lagu | *Ingwaz | *dagaz | *ōþala" |

## Die Namen und ihre Bedeutungen

Aleksi → Der Beschützer
Lyra → Die Mutige
Amia → Die Geliebte
Myrkvi → Dunkelheit
Varg → Wolf
Armas → Der Anmutige, Der Liebliche
Ragn → Kraft, Stärke, Macht und Krieger
Kaarina → Die Reine
Zebe → Sieg, glänzend
Ylvi → Kleine Wölfin

## Danksagung

Natürlich darf die Danksagung nicht fehlen. Besonders, da ich ein so wundervolles Team an meiner Seite hatte. Da weiß ich gar nicht, bei wem ich anfangen soll.

Gut, fange ich mit meinem Steffi an, denn die brauchte wirklich die meiste Geduld.

Sie hat sich die Mühe gemacht, dieses Buch zu lektorieren und hatte eine unendliche Geduld mit mir. Ohne dich wäre ich wirklich aufgeschmissen gewesen!

Außerdem möchte ich mich bei meiner wunderbaren Coverdesignerin Kristina Licht bedanken, Du hast da wirklich ein schönes Bild herbeigezaubert. Ein Dankeschön geht aber auch an Stefanie Steger, die das erste Cover dieses Buches entwarf.

Dann möchte ich mich natürlich auch bei meinen wunderbaren Testlesern bedanken: Rebecca Resch, Sanja, Andrea Krüger, Ronja Mehrke und Diana.

Ein ganz besonderes Dankeschön geht außerdem an meine Autorenmama Katrin Gindele. Sie hat mich von Anfang an betreut und war immer für mich da, wenn ich mal nicht weiterwusste.

Am Ende möchte ich auch meiner Familie danken, dass sie immer hinter mir stand und mich in allem unterstützt hat. Ohne euch hätte ich das nicht geschafft!

## Über die Autorin

Lilyana Ravenheart wurde in Schleswig-Holstein geboren. In ihrer Freizeit fährt sie gerne an die Ostsee, doch die meiste Zeit verbringt sie mit Büchern.

Das Lesen ist ihre Leidenschaft, wobei sie besonders Fantasybücher bevorzugt.

Wenn sie nicht gerade mit dem Lesen der Bücher oder mit dem Schreiben eigener Werke zu tun hat, beschäftigt sie sich intensiv mit verschiedenen Mythologien, wie jener der Wikinger oder der Ägypter.

Lilyana lebt mit ihrem Ehemann und 5 Wellensittichen zusammen. Mit ihrem Mann bereist sie gerne fremde Länder, jedoch beschäftigt sie sich nicht nur mit geschriebenen Geschichten, auch Filme und Serien haben es ihr angetan. Hier bevorzugt sie historisches Filmmaterial, idealerweise mit einem Hauch Fantasy. Daher ist es nicht verwunderlich, dass zu ihren Lieblingen »Die Outlander Saga« von Diana Gabaldon, »Once upon a time« oder »Game of Thrones« gehört.

Inspiration zu ihren Werken findet sie in Musicals, wobei sie hier »Das Phantom der Oper« und »Tanz der Vampire« besonders liebt. Diese Lieder hört sie gerne, während sie ihre Werke zu Papier bringt.